圆圆魂 叶辛/著
Yuanyuan Hun

APCTIME 时代出版传媒股份有限公司
时代出版 安徽文艺出版社

叶辛

【作者介绍】

　　叶辛，1949年10月出生于上海。中国作家协会副主席、国际笔会中国笔会副主席、上海文联副主席、上海作家协会副主席、著名作家。曾担任第六届、第七届全国人大代表和贵州省作家协会副主席、《山花》《海上文坛》等杂志主编。长篇小说《蹉跎岁月》《孽债》被改编为电视连续剧，曾引起全国轰动，成为中国电视剧的杰出代表。

　　著有长篇小说《蹉跎岁月》《家教》《孽债》《三年五载》《恐惧的飓风》《在醒来的土地上》《华都》《缠溪之恋》《过客亭》等。另有"叶辛代表作系列"三卷本、"当代名家精品"六卷本、"叶辛新世纪文萃"三卷本等。短篇小说《塌方》获国际青年优秀作品一等奖，由其本人担任编剧的电视连续剧《蹉跎岁月》《孽债》《家教》均获全国优秀电视剧奖。

圆圆魂

叶辛 / 著

Yuanyuan Hun

时代出版传媒股份有限公司
安徽文艺出版社

图书在版编目(CIP)数据

圆圆魂/叶辛著. —合肥:安徽文艺出版社,2015.6
ISBN 978-7-5396-5407-2

Ⅰ.①圆… Ⅱ.①叶… Ⅲ.①长篇历史小说-中国-当代
Ⅳ.①I247.5

中国版本图书馆 CIP 数据核字(2015)第 101592 号

出 版 人:朱寒冬　　　　　　　　　　　插　　画:梅 兰
责任编辑:岑 杰　　　　　　　　　　　装帧设计:丁 明
- -
出版发行:时代出版传媒股份有限公司　www.press-mart.com
　　　　　安徽文艺出版社　www.awpub.com
地　　址:合肥市翡翠路 1118 号　邮政编码:230071
营 销 部:(0551) 63533889
印　　制:安徽新华印刷股份有限公司　(0551)65859551
- -
开本:880×1230　1/32　印张:8.5　字数:160 千字　插页:16
版次:2015 年 6 月第 1 版　2015 年 6 月第 1 次印刷
定价:32.00 元(软精装)
- -

(如发现印装质量问题,影响阅读,请与出版社联系调换)

目 录

开 篇

十二年前，也就是 2003 年的 9 月，我在上海家喻户晓的《新民晚报》上写过一组连载十日的小散文《陈圆圆归隐之谜》。对于我来说，这只是我写作长篇小说和上班之余完成的一篇短文。却不料，这篇文字发表以后，竟引起众多文友和读者朋友浓郁的兴趣。有人和我探讨，陈圆圆究竟去了何处？有人把报纸上的小篇文字剪贴起来，为了便于以后翻阅。这固然是因为《新民晚报》发行量大，在上海市民中有广泛的影响，十二年前，《新民晚报》仍处于它的黄金时代，时任总编告诉我，每天的印数是一百七十五万份，遇到重大的赛事，还要增印十万份左右。这数字，几乎是现在印数的一倍以上了。年过八旬的著名电影导演谢晋，特地约我到他在华亭宾馆附近的办公室里，畅谈了整整一下午。在他那宽敞、零乱、堆满了书籍和拍摄纪念品的十八层楼上，他翻来覆去谈的主题只有一个，就是希望我把这一题材写成电影剧本，由他负责筹资将其拍成一部影响广泛又能传之久远的影片。

受他鼓舞和激励，我也跃跃欲试地准备起来，并且写出了开头部分。

尽管以后每次遇见谢导，他总要问及本子的进展；尽管我只要有空闲时间，总要拿起和明末清初那个时代有关的史料、稗史细读，在官修史书和私修野史之间做出我作为一个小说家的判断，但终因谢导辞世，电影剧本的事儿就此搁下了。

可能正是因为当初读得太多，对于明末清初那段历史，对于陈圆圆以及和她相关的吴三桂，始终不能释怀。尤其是在广泛的阅读中，我发现，三百余年，浩如烟海的文字中，写到陈圆圆，不是把她写成一个妖媚多情、善解人意、忧国忧民、深谋远虑的才女；便是把她写成一个在刀光剑影、政权更迭时代阴谋机巧地周旋于各种强势男人如崇祯、李自成、永历帝、吴三桂、刘宗敏之间的妖娆女子，似乎她比西施更美，比吕后更阴险，比武则天更迷恋权势、更放荡……

忘记了陈圆圆是一个绝代名妓,忘记了陈圆圆经历这一切时不过只有二十一岁。

今天的时代,科技更为发达、普及,人们的交往更为广泛,姑娘们受到的教育更加全面,一个二十一岁的女子,时常仍被我们视为学生、孩子、小青年。对于她表现出来的思想、才艺和种种行为,我们都会宽容地视为稚嫩,毕竟来日方长呢。

三百多年前的陈圆圆,首先是一个人,一个从风尘中袅袅然飘进历史腥风血雨中的女人,一个有灵魂的女人。

她无奈地改变了中国历史,三百多年来始终争议不断地出现在我们的视野中,时而是具体的,具体到似乎连细节都能触摸;时而又是朦胧缥缈的,总让人感觉亦真亦幻,不可捉摸。

就连她的归宿,她的离世,三百四十年来都在一波又一波的争论中激荡出阵阵涟漪,让世人越争议越觉得迷惑。

其实,她的失踪之谜,不是在她死之后才成为一道难解的题目的。

早在她还活着的时候,她的失踪、她的悄无声息的消隐、她的结局,已经困惑着世人,并在有形和无形地影响着历史的进程。

让我们一起走进这个迷魂阵,走进陈圆圆的灵魂深处……

一、吴三桂

1

听说陈圆圆不见了,失踪多日,遍寻不见,吴三桂暗自愕然。

他凝然端坐在铺垫得柔软、安逸的椅子上,双手扶着宽阔的、滑爽的红木椅把,扶手顶端,雕琢的两只虎头,和椅子上铺展的东北虎皮十分般配。他时常不由自主地抚摩,掌心摩挲着虎额,扶手上泛出暗红色的光泽,更显出几分诱人之色。而那张黑白斑纹的虎皮,尤为触目。

吴三桂纹丝儿不动,年事渐长,胸有雄才大略,他早已练出了得意时不忘形、失意时不沮丧的风度,终日无倦意的脸上浮现和蔼的笑意,两道长眉随着细眼透出慈祥神情。他伸手向禀报的亲兵一招,声气平和地道:

"详细报来。"

"遵命!"负责寻找陈圆圆的王爷府亲兵双手抱拳,

习惯地向吴三桂施礼后,嘘了一口气道,"梳妆台的侍女,日夜在屋里静候,仍同以往一样,不见夫人归。金莲庵、铁峰庵、妙法庵、白衣庵、紫衣庵,遵夫人命建造的诸庵落成庆典之时,都传夫人为住持。等下人便服赶去,都说夫人主持了落成之典,刚刚离去。"

亲兵说完,失望地叹气。

吴三桂轻问:"去往何处?"

答曰:"不得知。此种情形,一而再再而三,已复多次。夫人名声之大,在民间难以想象。大凡庵寺落成,都传说夫人将当住持,平头老百姓十里八里、呼朋结伴赶了去,男女老幼都有,都想去一睹夫人'声甲天下之声,色甲天下之色'的花明雪艳之貌。妙法庵落成之时,小人事前得知消息,赶早去到昆明市郊。哟嗬,妙法庵盛况空前,还没入得门去,里三层外三层的百姓,有汉人,有夷人,已挤得水泄不通。听说夫人露脸,小人拼命挤将进去,远远望去,一看那样貌,嗨,小人喜欢了不得得①! 真

---

① 昆明话,喜欢得不得了。

是夫人哪。可等我好不容易挤到跟前，只能急得干瞪眼，明明远远看见了的夫人不见了，只剩下衣饰、容貌、打扮和夫人有几分相像的女子。这等事发生了数起，昆明市郊诸庵，纷纷传说夫人在他们庵中担当住持，还传得有鼻子有眼，讲夫人说的，莫嫌庵中天井小，多栽花木养小鸟。这话实出自夫人之口，小人也听她讲过。那些庵中出家之人，也没瞎说，小人估摸、估摸……"

"说。"吴三桂面带笑容，轻轻吐出一个字，却让人有气度恢宏之感。

"小人估摸，夫人今日住一庵，明日住一庵，实有皈依佛门之意。"亲兵一躬身子，用猜测的口气道。说完大睁双眼，看着吴三桂。

吴三桂带着惯有的重鼻音，哼了一声："嗯。"

亲兵得此赞许，脸露喜色。

亲兵的这一猜测判断，吴三桂是赞同的，为圆圆修建了她独处的梳妆台之后，梳妆台就没断过香火；满园春色的怡园中，山茶、玉兰、梅花、碧桃、樱花、海棠、杜鹃、兰花、郁金香……迭次开放，清丽舒爽，爱花的圆圆从园中花径走过，却视而不见。相反，她却在平日的言语间，流露出对苏杭归途的兴趣、对峨眉山的向往。为收住她那颗远去高飞的心，吴三桂答应了她会于城内外修建尼庵的提议。哪晓得，这一答应，昆明城内外传遍了，平西王为讨得陈圆圆欢心，要在昆明城内外广修尼庵，几年工夫，东南西北，都有尼庵落成，让有心佛门的女子，就近便能得到遁世的路径。也让北京城里的少年天子，得知他吴三桂在五华山上修筑宫殿，在五华山麓修筑怡园，安心做平西亲王了，少几分戒心。没想到，圆圆今日在此庵，明日在彼庵，久而久之，竟不知她归着何处了。看把这些下人们急得，抓耳挠腮不知所措了。

区区雕虫小技，岂真能遁迹于尼庵之中吗？

吴三桂似漫不经心地问一句："她那贴身侍女，贵州小姑娘蓝玉敏呢？"

"也不见。小人想她必是跟随在夫人身边。"亲兵答。

吴三桂淡淡一笑，道："我已明了。你不必焦虑。"

"王爷有何妙法寻觅到夫人？"亲兵仍不失忐忑地斗

胆询问,"那些尼庵之中,人人都说见过夫人,讲起来眉飞色舞,可又人人都说不清夫人究竟在何处。难煞小人矣。"

吴三桂把手一抬道:"在建的尼庵,还有几座?"

亲兵屈指道:"安宁庵、桂林庵……"

"哪一座落成在先?"吴三桂记得这二庵,桂林庵建在金汁河相公堤香飘十里的桂花林旁,和桂林桥上的魁楼可有一比。少年天子登基那一年,桂林桥倾圮,吴三桂为表对康熙帝的忠心,重修加固,建魁楼于桥上。圆圆在桂花盛开时节,去游览桂花林,赏心悦目,三桂为讨她欢心,提议建桂林庵。而安宁庵呢,远在素有"天下第一汤"之称的安宁温泉附近,此泉人称碧玉泉,明初诗人杨靖有诗:

石中流出暖,
源向水中寻。
万古温泉水,
清光共此心。

那泉水甚是了得，清澈澄碧，色如翡翠，浴之微妙，不尽其说。莲儿、四面观音、八面观音及众妃、侍女随吴三桂去泡过之后，欢声笑语，泼水嬉戏，坐歌赏曲，夜以达旦。就连圆圆沐浴之后，也是身心为之一振，如出水之芙蓉，典雅中含着妩媚，浑身上下透着性感之色，让年近六旬的吴三桂怦然心动。事后圆圆还说及："这泉水真奇极，泡过一回，皮肤爽滑柔嫩达几日。让我恍然回到二八青春少女时节。"

看圆圆认定碧玉泉为仙源灵液，尽管安宁温泉旁已有云涛寺、火龙寺，吴三桂仍命建安宁庵。已有一段时日，该修好了吧。

吴三桂望着亲兵，亲兵连忙作答："该是桂林庵落成在先。前一阵就听说，他们在排黄道吉日了，要请夫人尊驾到场的。"

吴三桂欣然道："那好。定下了日子，你就报来。"

"遵命。"亲兵迟疑片刻，接着道，"只怕匆匆赶了去，又是一场空欢喜。"

吴三桂一摆手:"不至于。她潜入深海,也要露出水来喘一口气。"

"王爷英明!"亲兵一声响亮的恭维,退了下去。

2

看着亲兵的背影远去,吴三桂长长地嘘了一口气。脸色沉重,背着手踱进亲王府内殿。

微风徐来,正是 1673 年的春天,好一阵温润舒爽之感。在昆明一过十四五年,对于这云贵高原的气候,出生于江南高邮、年轻时久居辽东的吴三桂,也已渐渐习惯了。

都说九起九伏的蛇山,蜿蜒行至这五华山,在螺峰之间顿开玉屏,往前脉分五支,云蒸霞蔚,吐五华秀气,更有鹰飞鸟鸣,早在元代就有"五华鹰绕"流传于民间。吴三桂站在殿前,放眼望去,群峰环屏,山川一顾而尽,四季如春的昆明城烟火万家,真乃一大胜地也。明人张舍的《五华台》诗,不由得涌上吴三桂心头:

五华台上望昆明,

净练微花似掌手。

故国欲归归未得,

海风山雨一齐生。

　　十几年了,陈圆圆到过此殿前楼阁上,该不止一次眺望过眼前端丽庄严之景,她的心情怎么不会高兴起来呢?难道她不知,沿五华坡而筑的亭台回廊、碧溪流泉、雕墙黛瓦,都是为悦她那一双美目吗?从两广移植而来的奇花异卉、从八闽之地采购而来的漆器玉石、从她的出生地江南搜罗而至的名人书画,都是为博得她消遣时一笑啊!

　　她就不明白我的一番心意吗?

　　一缕暗纹,隐现于吴三桂鼻梁之上,那是他厮杀于刀光剑影中留下的伤痕。药用得好,痊愈后几乎看不出来。吴三桂自认是不幸之中的侥幸,大大小小的拼杀搏杀,陈尸遍地,血流成河,几次大战,尸体超过千具的战场,都屈指数不过来。而他,只在鼻梁上被刮擦了一下,那只能说是他的命大,命不该绝。要不,只要稍微偏那么一点点,雪亮的刀刃还不把脑壳削去半爿?只有陈圆圆,在抚慰他时,会用她的纤纤玉手,摩挲他鼻梁上曾伤过的这一小点位置。让他这一血性汉子,心灵得着丝丝慰藉。

广修五华圣殿,红亭碧沼,杰阁丰堂,在彩云南现的灿烂阳光之下,让昆明全城百姓在街巷庭院中瞻仰般眺望,口口相传,啧啧称奇,同时还是为了北京城里的少年天子,不要对他这个平西亲王增添狐疑之心。

这个坐上皇帝宝座的康熙,年轻气盛,万万不可等闲视之啊。吴三桂只觉其捉摸不透。

昆明城内的芸芸众生,是南北各省移居而来的也好,是逐渐退出城外避居郊外的原住夷民也好,他们一抬头看到五华山上金碧辉煌的平西王宫,就要说这是吴三桂为讨得绝色美人陈圆圆的欢心而建。还有那些讨厌的文人,茶余饭后,著书立说,要写下"以从圆圆之好"。让他们愿说的尽管说去,要写的尽管写去,封百姓的口是封不住的,封文人的笔,亦难啊!

吴三桂不是没有尝试过,那个江南文人吴伟业,说起来和他吴三桂同一个姓,该是同宗同族,同一个祖宗吧。自古以来的说法,五百年前还是一家人呢!可他就是不念情,私底下派人前往太仓州密会他,带去的金银珠宝不谓不重,许之再赐的更多。谁能料此手无缚鸡之力的寒酸文人,竟然不收重礼,不愿收回他的《圆圆曲》,他不就是效仿《琵琶行》《长恨歌》作了一首诗嘛!这么长,谁人记得住、背得下来?唯前四句竟然像李白、杜甫、白居易、苏东坡诸人的千古名句般,一下子让人记得,在全国上下传播开了:

鼎湖当日弃人间,
破敌收京下云关。
恸哭六军俱缟素,
冲冠一怒为红颜。
……

红颜是谁?
圆圆呗!

3

　　收买不成,吴三桂唯有恨啊!但他拿这个吴祭酒也莫奈何。他还不是降了清朝,保全一条小命的?太仓又不是嘉定,嘉定遭屠城三日,勇猛反抗,至死不屈,太仓人还协助清军打嘉定呢!吴伟业装什么公正,非要让《圆圆曲》流播全国。说他吴三桂冲冠一怒为红颜,吴三桂还气得过去,而圆圆,则是在心头蒙了一块永久的阴影,扼住她喉咙,堵上了一块石头。

　　时光流转,吴三桂满心以为随着时间的流逝,吴梅村的诗句会被人遗忘,圆圆也会渐渐将这不痛快的事儿忘却。哪晓得,四年之前吴梅村一死,全国上下,从东北到西南,从内陆到沿海,到处都有人说《圆圆曲》,到处都有人讲"冲冠一怒为红颜",喧嘈嘈得妇孺皆知矣!

　　圆圆的失踪,首当其冲的该是与这一横梗于心的病有关吧。圆圆这人,面善貌美,极易让世人觉得她善解人意,宽容心细,聪慧温柔。只有吴三桂心中明白,她这半世人生,经历的跌宕起伏、惊涛骇浪、复杂多变、生死难卜。她的心之深、思之远,连吴三桂时常都觉难以揣摩。知道他已派出使者去往苏杭,她就猜出他是让人去密会吴梅村,劝他收回《圆圆曲》。从此她的脸上会出现期盼的神情,想知道这事儿经办的结果。可她心有所思,嘴上却不说。只是会念叨江南的花,喃喃地回忆和太仓很近的昆山、嘉定、吴江,冬日里的腊梅暗香浮动,春天的杏花、桃花、李花、海棠、丁香、紫薇、玉兰渐次开放,似霞似锦。进入初夏时节,则是栀子花、茉莉花、白兰花、玉兰花,秋日来临,金桂银桂香飘满园……连从贵州平坝屯堡跟过来的贴身侍女蓝玉敏都只以为她是看到怡园中竞相开放的花儿触景生情,思念故乡。唯有吴三桂心中明白,圆圆是期盼去往江南太仓密会吴梅村的使者带来好消息。果然,吴梅村不收重礼,婉辞从世间收回《圆圆曲》的消息一带回来,圆圆的脸上似抹了层霜,再不提四时花香的江南了,神情更忧郁了。

“冲冠一怒为红颜”,红颜谓谁?

圆圆矣。

这便等于是说,她将随着这首诗的千古流传而遗臭万年,这让她一个女子的心,何能承受以堪?她毕竟只是一个女人哪。吴三桂既已做了,还有一份男子汉的担当和血气,还有一种站得更高、看得更远的历史心态。对于封他为宁远总兵的明王朝,自从崇祯皇帝吊死在煤山,吴三桂就已意识到大势已去,及至他在战火纷飞、腥风血雨中冲杀到大西南,当上了平西王,更是以"无毒不丈夫"为训,活活绞死了南明小王朝永历皇帝父子。他承认这事儿做得有些过,天下忠于前明王朝的人会在背后诅咒他,老百姓同样会议论他,要不,昆明北门外的篦子坡,怎么会让老百姓呼作"逼死坡"?

活捉了永历父子,吴三桂也没想亲手杀死他俩,那终究是朱明王朝的象征啊。他是要把永历皇帝父子押到北京,让小皇帝康熙处置的。而这个小皇帝偏偏给他出了一道难题,让他在昆明就地处死,免生他变。

这一招狠啊!那是要逼他吴三桂与明室彻底断绝关系,再无理由借明王朝的旗号东山再起。吴三桂一夜未眠啊,长夜之中,他听得分明,陈圆圆凄清中带着感伤的琴声伴着他度过了大半宿。她知道他为难,她明了他难以决断,她晓得他必须要在两难中抉择。但她没走进他的书房里来。

黎明时分,对镜穿上铠甲,吴三桂陡然察觉,以往只是染白的两鬓,此刻须发全然白了。他不过五十出头啊。

正是暮春时节,昆明的雨季尚未到来,照例天蓝得透明,蓝得纯净,照例白云朵朵,悠然飘浮。据说这云南云南,就是指的彩云之南,以彩云飘浮的形状多样而得名。

处死永历父子的那一瞬间,刚才还是天蓝云白的空中,顿时浓云滚滚,天刹那间晦暗下来,又是风又是雨,伴着火闪雷电劈将下来,在篦子坡观行刑的老百姓惊呼着四散开去躲避疾风骤雨……

异常天象,竟然延续了七日。

4

民间盛传,是他吴三桂以弓弦勒断了永历帝的头颅,关宁铁骑的斩将刀砍落了太子的头。而真相,吴三桂令部将赐帛让永历父子自缢于金禅寺的事实却无人道破。

是他为清室根除了大患,因此康熙传来圣旨,宣他为平西亲王,文武百官自行选任,吏部、兵部均不得干预,贵州、云南两省总督受他的节制,让他永镇西南为王。

其实就是把西南的管辖大权交到了他的手中。

永镇啊!

永远坐镇,他成了西南王,他的儿子吴应熊娶了和硕公主成了驸马,他功成名就该颐养天年了。他什么都有了,云南这地方物产丰富啊。在江南、在辽东、在南北征战中从来没吃过的乳扇,他可以尽兴品尝;飘红映绿的大理砂锅鱼,是在烹饪时加进了上好的火腿片,味道竟比素以鲜美闻名的扬州菜肴更胜一筹;至于天麻汽锅鸡、虫草汽锅鸡、三七汽锅鸡,每一锅都汤鲜鸡肉嫩,更吃得他雄壮不减当年。八面观音、四面观音都能啧啧称奇,争相向他示好。还有那他省没有的鸡枞菌,质细丝白、肥硕壮实的鸡枞,煮来脆嫩鲜美,清香四溢,真可谓

"菌香烟雨外,异香滇海闻"。更有猪拱菌①的奇香让人难忘,煮出汤来鲜美得令人咂舌,余味无尽。

锦衣玉食、金银珠宝,还有在宫殿、寝室、卧房、书斋陈列着的那些银光闪闪、制作得精巧玲珑的酒具、食器、笔架、笔筒,一个个旧锡磨制的白如银、明如镜的香炉、蜡台、粉盒、花瓶,栩栩如生的飞禽走兽,斑铜制作的花卉山水、仙山琼阁、玉女神将,一个个无不神采飞扬。闲静下来,一一欣赏着这些云南民间的工匠、艺人做出来的摆设、古董,既有象征美满欢悦的游龙戏凤,亦有古朴素雅的高山流水,更有清静和谐的鸟语花香,还有福寿呈祥的松鹤延年……连在刀剑厮杀中征战了大半生的吴三桂都会生出对占有这些宝物而沾沾自喜的那份满足。那么,他的心为何仍然躁动不安?为何不能像庭院中小湖里清澈的流水般平静下来?

他知道陈圆圆是巴望平静下来的,陈圆圆愿意他安

---

① 猪拱菌:老乡要挖得这种奇鲜无比的菌子,必须牵赶猪儿上坡,看到猪拱地面,往下挖去才能找到这种菌子,故名。

心做一个平西亲王,陈圆圆指望他知足,陈圆圆甚至还盼望他急流勇退。人过半百,有这心态是很自然的。尤其对他吴三桂而言,已在尘世间活过了一个甲子,更该有这种归隐的心理。

可是时局不允许他有此松懈心理,形势紧迫得让他有种喘不过气来的感觉,儿子从京城捎来密信,康熙皇帝从来没打消过撤藩的念头,近年来他和众大臣商议此事愈来愈公开,愈来愈有种跃跃欲试的态度和作为。吴三桂是相信吴应熊的这一判断的,这个名叫爱新觉罗·玄烨的康熙皇帝,十岁时就把三藩、河务、漕运三大国家的症结问题刻在乾清宫的庭柱上,用以天天、时时、年年、月月地提醒自己。在他断然收拾了大贪官鳌拜,锋芒愈显犀利、大权愈加在握之时,难道他会放松此头等大事,忘了实施?

吴三桂想要摸清楚的,不过只是康熙准备在什么时候、何种情况下撤藩。而他,作为三藩之中最大、最强的一支,该何以应对?试探的信号已经放出去了,吴三桂在去年以患目疾为由,向康熙请辞云贵总督一职,看看皇上是准还是不准,就能摸着这个小皇帝真正的心思了。却不料,奏折送到北京,至今仍无回音。这个少年得志的皇上,心机是让人莫测高深啊。吴三桂又让高参方献廷去往广东,策动年轻气盛的尚之信规劝其父平南王尚可喜给康熙上书,请求辞去平南王爵位,由其子尚之信袭任平南王,镇守广东。

皇上若准奏,让尚之信继续担任平南王,那么撤藩之事,还该有些时日。三藩仍可养精蓄锐,静观时局。若皇上在此事上露出了他真正的心思,决意撤藩,与他当年承诺的永镇、世守相违背,便是出尔反尔、背信弃义,三藩联手反清,就有了理由,顺了民意。

吴三桂揣度康熙接到尚可喜请辞的奏折,只有两种可能:一种是像对待他请辞云贵总督的奏折一般,泥牛入海,搁置在案头,不予答复,让你尚可喜猜去;还有一种便是准奏,准予尚可喜撤藩,尚之信袭任。

吴三桂万万没想到的是,康熙会下旨,准予尚可喜撤藩,并率几个儿子及所有家族人口,一齐回辽东,移居老家,俸银照常。尚可喜假惺惺奏请只带两佐领二十个甲兵告老还乡,康熙帝格外开恩,拨给十五佐领共一百五十名甲兵同行。而尚可喜奏请尚之信继任平南王的要求,康熙皇帝以一个"没有先例",轻飘飘就打乱了尚家世袭平南王的如意算盘。朱批是一目了然的:

着即尽撤藩兵回籍。

意思十分明白,你尚可喜、尚之信在广东的班底,全部撤回老家。干脆利落啊!

5

四月里是昆明春季无风无雨的好日子,花儿开得繁艳,正是和嫔妃们狎戏、欢娱,尽情享受的时光。可吴三桂丝毫没有这等心情,尚可喜已让他儿子赶来昆明密商对策,吴三桂得拿出办法来,对付北京城里的康熙皇帝。

而这对策,则将是决定他人生命运的重大转折。他不想轻举妄动,他亦不想就此告老还乡、颐养天年。他要朝着内心深处时常萌动的那一重大目标作出部署。而这一重大目标,必须得有宏伟周密的盘算和计划,他必须得有十之八九的把握,才能付诸实施。

在这等节骨眼上,他非常想听听圆圆的想法和意见。只有他晓得,圆圆是有超凡直觉的女人啊。

圆圆这个人,外人只识得她聪慧达理、花容月貌、识得大体,平西王府内外,也只晓得她善解人意、慈悲为怀、诸恶不为,内宫朝野,有了啥烦心事儿,让她知晓以后,往往轻言细语几句,也就风平浪静,悄然无声了,再大的怒火,再难解的疙瘩,她都能平息下去把难题解了。最为世人称道的,是吴三桂获封平西亲王时,得确立一名亲王妃,按吴三桂的本意,是想立圆圆为妃的。可陈圆圆婉辞了,她劝说吴三桂立他的原配张氏张凤卿为亲王妃。张氏何等女人呐,在亲王府内外,她强悍无比,什么人都不在她眼里,都畏惧她三分。唯独对陈圆圆,她们亲若姐妹。她心中比谁都明白,吴三桂内心深处真正属意的,是陈圆圆。不是陈圆圆谦让,她就会被打入冷宫。陈圆圆坚辞王妃而不就,是她不要名分吗?是她不思千秋功名和在民间的名声吗？非也！

她对"冲冠一怒为红颜"都如此耿耿于怀，还能不在乎名节？

她是识大体、顾大局，为他吴三桂着想啊。

她要的是更大的名声，要的是老百姓的口碑。是中国人，东西南北的中国人，昆明城内外的百姓，哪个不晓得陈圆圆是他吴三桂的女人呢？哪个说得出他原配张凤卿的名字？

她这么一做，先收服的是吴府家人们的心。远在京城的吴应熊，尚在身边的吴应麒，服她这位如夫人、这位后妈了。只因如夫人给了他们的亲妈地位啊！四个女儿、女婿服了她了，四个女婿夏国相、郭壮图、胡国柱、卫扑，既是他吴三桂的女婿，更是他平西王府上下文武兼备的得力干将啊。他们都愿听她的一句话。

吴府家人们服了她，吴三桂最为倚重的军中大将军马宝、王屏藩、王辅臣、李本深，一个个都对她深为敬佩啊！他们敬佩的不仅仅是陈圆圆声色甲天下的美貌，更是她的为人、她的行事作为啊。要不怎么会在这帮军中大将中都传遍了：

"如夫人是吴王爷的心药。"

只有吴三桂知道，只有和陈圆圆肌肤相亲地在床榻上有过灵魂之交融的吴三桂晓得，圆圆身上还有一种他至今都捉摸不透却又十分敏锐的直觉，这一直觉的精准度之高，令吴三桂都觉得她有一种未卜先知的功能。

否则她怎会置生死于度外，对打进北京城的闯王李自成说出那一番话来？否则她怎么能在刘宗敏的凶蛮淫威摧残之下挣扎过来？否则她又如何洞穿崇祯皇帝的心曲重新回到田弘遇府中？田妃将她送到崇祯身边，不就是为让她的花容月貌博皇上的一笑，当皇上的妃子，欢他的心吗！她为何又没在皇帝面前尽展她的风姿才艺，留在皇帝身边呢？

只能说是她的直觉有骇人之处。

设想一下，她若是留在皇帝的身边，国破宫殿塌的那一瞬间，崇祯连自己的亲生女儿都没留住，她还逃得过那么大劫难吗？

一次一次地避过血刃之灾，尤其是绛州重逢之后，平

定山西、陕西,逐鹿关中,云贵开藩,一次又一次大战、恶战、险战之前,她都会告诉他吴三桂,此去必旗开得胜,平定敌手,将军神威不可一世,手中大刀挥舞旋转,所向无敌。而事实也正如她所言,每出征必击溃敌阵,即使是血战亦能从迷雾中杀出一条胜利之路。

回回应验,不得不使吴三桂对陈圆圆刮目相看。

那么,在做出决定他能否登上巅峰宝座的祭旗之举时,他怎么能不听一听陈圆圆有先见之明的话呢?她始终是他的好夫人,他的女人呀!

偏偏在这个时候,陈圆圆失踪了,皈依佛门找不到了。这怎么行呢?

挖地三尺也要把她找出来。

况且还不需花挖地三尺的劲儿,吴三桂的嘴角露出了一缕微笑,那是帝王之相般的微笑,那是最能蛊惑圆圆的笑。吴三桂明白圆圆为何失踪,他洞悉圆圆深藏不露的心思,他有办法引她出来。他要让亲兵把这层意思放出风去。

听一听她的肺腑之言。毕竟,这个女人,这个一辈子阅尽了无数男人的女子,心灵深处只藏着一个男人,只藏着吴三桂一个男人。当吴三桂需要她的时候,她是会露脸的。她不会就此不明不白地遁世消失。

吴三桂深信这一点。

二、陈圆圆

1

隐居庙庵,时而出现在这一庵的开庵仪式上,时而在那一庵的弘法会上露个脸,陈圆圆并非要真正地隐身遁世。

真正地消隐得无影无踪,她该像世间盛传的那样,远去四川的峨眉山,在山上寻找个寂静的去处,清净为主,专心佛法。她不消参加啥开庵庆典,也不消时不时地在昆明城郊周围团转露脸,引得那些居士、信众十里八里地赶来争相一睹她的真容。

她这么做,只是一种尝试。想尝试一下在公众面前露面之后,能否及时地脱身,消失得悄没声息,消失得如一阵风尘远去。

事实上是可行的。当平西王府的亲兵们闻讯赶来,四处寻觅时,她果然不见了踪影,一次也没人和她打过照面。

留给亲兵们的只是疑惑,留给信众、居士包括庙庵里那些尼姑们的只是惊讶,留给那些来看热闹的、一睹她真颜百姓的只是神秘……

咋个搞的?

刚才,只不过吃一顿饭、咂一杆烟的工夫,就不见她了。就是刚才,明明还见着她的嘛。

她太需要在险境中脱身的体验了。她有这种直觉,她也相信自己这种直觉。自从洞悉吴三桂的真正心思,她的身心油然而起地出现了这种直觉。而且她坚信自己这一与生俱来的直觉的精确性。如同吴三桂以往每一次出征会得胜,如同她当年遵田妃之命,去拜见崇祯皇帝时,她忐忑不安,心跳不已,却总觉得晚上仍会回到田府自己下榻的床上入睡一样,尽管她亦遵照田妃和田弘遇的千叮万嘱,要对皇帝像出水芙蓉一般尽展自己的美貌、歌舞和才艺,她也刻意地去做了,并且自认做得相当得自然妥帖,这得归功于姑苏妓院里的钟孃孃的悉心点拨和教诲,特别是钟孃孃一次又一次地给她讲述的,北宋汴梁名妓李师师面见皇帝宋徽宗的那些细节,细得连圆圆都背得下来了,但她仍然没有讨得五百多年之后崇祯皇帝的欢心,当天夜里还是回到了田府。从这件一辈子永远不会忘记的事儿之后,圆圆就开始相信自己的直觉了。尤其是半世人生中,一次一次常人女子视为大祸的劫难,圆圆都凭着她的直觉,避过了血刃之灾。李自成的大将刘宗敏,堪称大顺军的二号人物,没一个女人能把他服侍得舒心畅意、令他满意。陈圆圆被他抢去的初夜,受尽了他的凌辱,他让她脱精光了在他面前猫狗一样地爬,他要她说话,要她唱曲,要她露出甜蜜的笑容讨他的欢喜,要在他面前显得心甘情愿,要在和他睡时玩得沉醉而又入迷。被他尽兴玩弄和折磨过的三十个宫女、嫔婕,没一个人能真正地取悦于他,让他尽享男欢女爱。稍有迟疑和不从,轻则被他逐出卧室,重则被打得鼻青脸肿,头破血流,体无完肤。这些女人说起他来,没一个人不认为他是个衣冠禽兽、豺狼虎豹。圆圆被他掳去,不说曾经的宫女们了,吴府家人、京城百姓,都争相传说那是羊入虎口,一代佳丽就此香消玉殒,不被他辱弄得浑身青紫带伤,也该是憔悴不堪、眼肿发乱,不成个女子样了。

　　是的,他粗暴地撕扯她的衣服,他扇她的耳光,一个粗大的巴掌打过来,她的脸上火辣辣的要痛上半天,她毫无反应地任凭这个粗野男人蹂躏,任凭他粗壮的两只手抚摸她的肌肤,任凭他喷洒着恶臭酒气的嘴舔着她的胸脯和脸颊,任凭他捏着她的两条大腿,任凭他掐她的屁股,任凭他贪婪的眼神扫视她赤裸裸的身躯,她大睁着一双空洞眩晕的眼睛,任凭他做出玩弄女人时可以想象出来的所有疯狂动作。她觉得快要喘不过气来了,她的眼前晃动着的全是小小的黑色的飞蚊,她的皮肤似被割开了,鲜血淋漓地涂满全身。她曾经阅过无数的男人,姑苏城里的恶少、色狼、花花公子,寻花问柳的老手,风流不减当年的狎客,以玩弄女子炫耀的纨绔子弟,貌似儒雅倜傥的文人墨客,甚至横行乡间的恶霸……没一个人像刘宗敏这样野蛮、粗暴、凶恶、残忍地对待过她,他哪里是人,他就是一个土匪,强盗,一个十恶不赦之徒。她感到自己难逃这一劫,她要死了……

2

也是这个念头冒出来的一瞬间,她的脑壳上像被泼了一桶冷水,一个激灵使她顿时清醒过来:真要死了吗?

她并不怕死。

她见过了太多的死亡,她最崇拜的两个女人,李师师和李清照,不是都死了吗?一个死得十分惨烈,为不愿去讨好谄媚女真自刎而死;一个死得不明不白,至今究竟是哪年死的,都成了一个谜。

她可不能就这样死在刘宗敏这个闯贼手中,这么死太不值得了。她不是已把终身托付给吴三桂了吗?她得活下去,活出个人样子来,要不,才二十二岁就死、就离开人世,太不值得了。她的亲生父亲邢货郎,靠挑着货郎担子兼唱小曲儿养活她的父亲,也不止活了二十二岁。她的姨夫家穷得养不活她,只好把她卖给苏州的梨园,她就是因此由邢改姓了姨夫的陈,姨夫也不止活了二十二岁。她为啥子就该在二十二岁时死去?

不,她要活,活下去。

梨园里的钟嬢嬢是怎么说的?她说姨夫将邢沅的名字改成陈圆圆,改得好。听一遍就能让人记住,圆圆,你准能在梨园中出名,出大名。你有出名的本钱,姓名和容貌。还有其他梨园女子都没有的勾动男人魂魄的韵姿,那是要了男人命的呀!圆圆。

果然,陈圆圆一登台,就轰动了梨园内外,她的韵姿美艳,她那被文人们赞为"如云出岫、如珠在盘、令人欲仙欲死"的曲声引得姑苏城内的一帮王孙公子、文人墨客、三教九流之辈,趋之若鹜。一传十,十传百,口耳相传,圆圆让钟嬢嬢道准了,出了大名,那大名传遍了江南,传遍了古今都城扬州和南京,传遍了天下。

"声甲天下之声,色甲天下之色。"

人世间还有第二个女人得到过这样的声誉美名吗?

钟嬢嬢说没有,连钟嬢嬢交口称道的李师师也没得过如此盛赞和美誉。

钟嬢嬢是懂得声色甲天下的价值的,骚客文人们愈是鼓噪,王孙才子们愈是喧嚷,陈圆圆愈是名动天下,为所有的市井男子倾心仰慕,她的身价也便愈是高涨。

赋诗送进来的,圆圆不屑一顾。酸溜溜的文人们经常是说一套、做一套,言行不一的。

争相一掷百银、千金的,圆圆不收无功之禄。

如此一来,声色俱佳的陈圆圆更是誉冠姑苏城,有机会一睹其风采的,不免沾沾自喜。隔帘甚至站在墙外听过她弹奏曲子的,对她娴熟自如的揉、抹、勾、挑之技法,都是眉飞色舞地赞不绝口,如同听到了天籁之音。

光是"陈圆圆"这三个字,就能吊起男人们的胃口。

钱是什么东西?

尽管钟孃孃善于精心地经营这梨园的营生,拿得出钱来的客人还是一批一批地争相拥来啊!令人憎厌的市侩,俗不可耐的文痞,大摇大摆的商人,酸不拉几的秀才,人还未到先将花红礼彩让仆从送进来的贵人,还有乔装打扮、隐姓埋名的朝廷命官……他们都有的是钱,他们钻进这酒楼歌馆般的梨园深处,不都为声色而来,为贪娱欢乐而来吗?他们不全是豪商富贾,可敢于斗胆走进钟孃孃经营的名声在外的梨园,都是备足了钱的。

男人们为她陈圆圆的声色而来,陈圆圆不也在一个一个地看着他们吗?满身绫罗绸缎的纨绔子弟,自我感觉良好的乡绅,堆着一脸谦恭笑容的土财主,脑满肠肥的巨商……几乎见不着一个识得趣,懂风情,又温雅又会说话儿的男人,难得遇到一个既斯文又体贴,颇显才华的客人,圆圆的心动了,可当面说得好好的风流才子,一去就不复返,也是薄情负心之人。那个姓冒的江南才子冒辟疆,不就是这么个角色嘛!这是圆圆心头最大的苦恼、最愁的烦呀!想想,整天里堆起笑脸,面对一个个不待见、心中实是瞧不起的男人敷衍,那滋味儿真的让人难以忍受。

客稀时分,闲静下来,陈圆圆难免会将这心思透露给她尊崇的钟嬢嬢。毕竟,她的这番才情,她学到的诗词歌赋,她喜欢的李清照、李师师艳极而衰的人生,她的那点儿乐理和操琴的技艺,都是进了梨园,在钟嬢嬢的悉心安排下学到手、学精了的。

钟嬢嬢细细听她道出内心深处的苦恼,长叹一口气道:"有啥办法呢?圆圆,这就是在梨园营生里,出了大名的代价。操了这行业，由不得自己的真性情，接了客，笑脸相迎也好，敷衍对方也好，得让人家高兴……"

"莫非，不管獐头鼠目还是浑身铜臭的男人，我都得去爱？钟孃孃，那全然不解风情……"

钟孃孃笑眯眯地以一个温婉女子的手势截住了陈圆圆带着几分愤然的反驳，道："圆圆，不是要你见一个爱一个。俗话道，世上只有藤缠树，哪里见过树缠藤。男人嘛，花了银子，就是要来找个乐子。李师师倾心的宋徽宗皇上，初次来会她，她还心存不屑呢！最终呢，竟为这被金兵抓了去的赵佶刺喉而殉情，留下'千古青楼第一流'的佳话。你啊，一定得明白，要在同男人们厮混中找到欢乐，那你圆圆就真能修炼得出神入化了！"

"找到欢乐？"

圆圆听得愣怔住了，双眼瞪得直直的，眼神里起了一种变化，一种难得的变化。

3

钟孃孃无声地轻叹一声,在她手背上轻轻地拍了两下,说:"我已经把求见你的门槛,抬得够高的了。"

是啊,从名声初起时的十两、二十两银子,升到三十两、五十两、八十两银子,后来一举突破了百两银。虽仍是门庭若市,钟孃孃已经不让陈圆圆天天接客了。她还列出规矩:观赏演奏的,一个价;听曲儿的,一个价;留宿过夜的,就得是天价。

圆圆果真省了不少心,省却了不少三教九流的客人。可那些付出了高额礼金,超出了钟孃孃标价的客人,也不都是温文尔雅的风流人士啊,来的客人中谈吐愚蠢的,仪表富丽、心机卑劣的,举止粗俗的,还是比比皆是啊。但陈圆圆已经不再向钟孃孃抱怨了,她得看在那些白花花的银子分上,和这些来寻欢作乐的客人周旋。

她发现一辈子浸淫在梨园中的过来人钟孃孃说得好,与其冷着心肠勉强堆笑应付一般对待客人,结果闹得客人心头不悦,觉得白白耗费了那么多银两,自己也是满心烦躁,不如从这件事中找到乐趣,让客人耍得酣畅舒适,自己也得个欢心畅意。是啊,倒在床上,温柔绵绵地笑对客人,目光中视而不见,只是专心就着客人的需求,迎合他,挨近他,点拨他,客人要快她也快,客人要慢她也舒缓下来,客人要缠绵她就说些甜言蜜语,客人要喝茶她起身端给他……

从此以后,陈圆圆更是声名大噪,艳名流播,和她风流过一夜的男子都啧啧称道她的不可言传之妙处。她郁积心头的烦恼愁苦,也一扫而光。钟嬷嬷的进项,更是丰盈得如同她那张白皙迷人的鹅蛋脸,逢人便说:"圆圆懂事了!"

那只是为了银子,白花花的银子啊!

现在陈圆圆身边躺着的是闯贼手下的第一号大将,他操着生杀大权。引得他不高兴,他抽出剑来,一剑就能让她陈圆圆命归西天。

她若想从他手中逃出一条命来,必须得顺从他,逗得他高兴,让他喜欢她,需要她,爱惜她,不能由着他禽兽一般折腾她。如此折腾下去,她就是不死也得脱层皮,声色甲天下的美貌都会消失殆尽。那可是她的本钱啊!

不!陈圆圆不能像一条没有灵魂的鱼那样任凭他宰杀、吞食,她要在命悬旦夕中活下去,好好活下去。

为了钟孃孃白花花的银子干得好事,这会儿为了救自己的命,逃出刘宗敏这粗野蛮汉的魔掌,自然也干得。崇祯皇帝对她瞧不上眼,宣她回田府之后,那老朽的田妃之父田弘遇,拿色眯眯的昏花双眼盯住她时,她不也觉得这身为国丈的老头可恶吗?她不也像看到食盘边的苍蝇般厌恶他吗?原先因为田妃要把她像世间尤物般献给皇上,这老家伙只敢拿自己的眼睛瞅她。而得知皇上对她不感兴趣,把她退到田府之后,这风流成性的老汉笑得眼睛都眯成一条缝了,露出"终于该我享用"的脸色和眼神来了,当天夜里,这年近七十的老匹夫就爬到陈圆圆的床榻上来了。

圆圆恶心,圆圆讨厌,圆圆隔夜饭都会呕出来。但她有啥办法?寄人篱下,人家用重金将她从苏州买进京城,连钟孃孃都抵挡不住,她连一丝不悦的眼神都不敢表

示啊!

她一如既往地甜蜜蜜微笑着,她一如既往地放松自己珠圆玉润的四肢和身躯,她一如既往地像在梨园中见到不入眼的客人时视而不见,任凭比她父母还要年长的田国丈青筋毕露的双手在身上抚摸玩弄,任凭这老汉气喘吁吁地凑近她身子,凑近她的脸,任凭他心有余而力不足地翻来覆去折腾……她不也熬过来了吗!

刘宗敏总比这无能的老匹夫好对付吧。

眩晕昏蒙之中沉吟着,圆圆的魂灵回归到了身上。她的脸上显出了生气,她的迷人的双眼有了神采,她虽然仍似无动于衷地躺着,可她的身子开始有了弹性,她的身上散发出那股幽雅的温暖诱人的气息。女人才有的气息。

4

最先体会到这一变化的就是躺在她身边的刘宗敏,谁说这野蛮的男人是个粗汉,他对陈圆圆同样敏感、同样洞悉纤毫。是的,他已经占有了她,作为一个大将军,作为一个统率千军万马、叱咤风云的大将军领袖,他已经成为陈圆圆的主人。陈圆圆被他抢来了,这个被天下人称作"声色甲天下"的女人,现在属于他所有了,现在是他的了,他睡了她,他要她怎么样她就得怎么样,她若敢说声不,敢不从或反抗,他就扇她的耳光,赏她以老拳,逼她跪下来舔他,揪住她头发掐她、捏她、扯她,幸好她啥都没表现出来,只是睁大一双惊恐、惶乱、失神的大眼睛任随他摆弄欣赏。他已经让她扒光了身子狗一样爬来爬去过了,他已经要她托起一对奶子一步一步朝他走来走去了几回了,他在她美丽的身子上发泄了一次又一次,在她精美绝伦的漂亮脸蛋上又啃又亲又舔又吻了多少遍都记不清了,她的一切都是他的,他似乎可以这样朝着所有的人宣布。

可他仍有一种不满足,这种不满足来自他最初的一种困惑。这天字第一号的女人,怎么也不过如此呢?于是他每次在尽兴地强暴圆圆之后,不待抹尽他粗黑脸庞上的汗渍,就用一道狐疑的、内心犹感不足的目光盯着赤身裸体的圆圆。那横掠过来的目光中,既有着躯体尽兴之后的几分满足,又有着内心深处的没有彻底征服躺在自己身子底下的这位女子的疑惑。虽然她看上去是那么柔弱,丝毫没有显示出点点的反抗和不悦,相反还极力地隐瞒着她的逆来顺受的情绪,刘宗敏还是感觉到了精神上不满足。

他妈的,和李自成一起,他不是推翻了明王朝了吗?天下不都是他和大哥及一帮共同造反的兄弟们的吗?朝廷是他们的了,国家是他们的了,城市和村庄都是他们的了。女人,所有的女人也都是他们的了。

皇帝由李自成去当,刘宗敏还是庆幸自己夺得了这个有着声色甲天下之称的女人。他敢于抢夺陈圆圆,是得到了大哥李自成的夫人高夫人默许的。真正让李自成坐稳了皇帝的宝座,这天字第一号的女人,还能属于他刘宗敏所有?李自成之所以没有马上把她抢进宫去,一是忙于他登基前后的百般政务,二是碍于这女人名花有主,是手握重兵的吴三桂之妾。刘宗敏管不了这么多,吴三桂玩的女人,凭啥他刘宗敏玩不得?他就是要玩她,不仅仅要尽兴地玩弄她，还要她真正地、彻头彻尾地、从肉体到灵魂都属于他。

现在她的一切都归他所有了，唯独这女人高深莫测的心，唯独这女人的灵魂还不属于他。

他妈的，刘宗敏怒火升起时，真想挥剑刺向她那雪白炫目的胸脯，挑出她的心来看一看，她的灵魂归附于谁。

这女人笑起来了，笑得妩媚而又羞涩，笑得灿若桃花，笑得让刘宗敏这一粗野的血性汉子顿生怜香惜玉之情。这笑容真的可爱，真的让他作为一个男人心荡神驰，声色甲天下的女人，终究有其不同于一般俏丽女子之处。

圆圆是何等聪慧之人，刘宗敏眼睛里灼灼放光地闪射出那一丝杀机，让她即刻捕捉到了，她内心里深深地一惊，着实感觉震骇。这揭竿而起的土匪头儿，这粗野暴烈的强盗将军，一路杀进京城，随李自成推翻了大明王朝，杀了多少人，只怕他自己都数不过来。他要杀了她，挥刀过来，执剑刺来，只是顷刻工夫，第二天晚上，他照样还能召另一个女人进来睡，而她、她、她她……

圆圆不寒而栗，她怎能由着自己的好恶来对待他？

她怎能指望他也像妙解诗文、谈吐雅致、知书达理的温存体贴的男士啊？他原本就是个盗匪啊！恐惧、害怕使得她顿时警醒过来，她朝着刘宗敏谦恭地一笑，她得讨好他，她得消除他的杀心，她得让他感觉到，他不仅在肉体上占有她，她还得让他喜欢她，真正在心上喜欢她，她才能活在不是时时面临死亡的恐怖之中。

还是教会她那么多诗词歌赋、琴棋书画和接客之道的钟孃孃说得好啊，拴住男人心的最好的方法，就是要让他来了之后，如同坐在飘香的春风里，如同浸泡在撒满花瓣的池水里，如同躺在温柔乡里，身心都得到满足。而要让男人飘飘然地满意而归，你一定要从侍奉男人这件事中找到欢乐。

难道圆圆忘了吗？

5

圆圆没忘。

只是成了吴三桂的妾，她真心实意爱上了吴三桂，她不需要这么做了。吴三桂去往宁远,她住在饭来张口、衣来伸手的吴府之中,更无须牢记梨园中的规矩。而如今,她已身陷囹圄,羊入虎口,她面对的是如狼似虎之人,随时可能脑袋落地,她岂能由着自己的性子,由着自己的好恶挑挑拣拣?她本来就是被人挑拣的梨园中人啊。

圆圆又成了梨园中的陈圆圆,她的笑容妩媚诱人,她的妆容愈加精心打扮了,她的服饰更比往日华贵富丽了。刘宗敏从皇宫里搜掳来多少嫔婕佳丽的化妆用品和华丽的绫罗绸缎缝制的衣裳啊。

刻意打扮自己、改变自己形象的同时,陈圆圆也要让刘宗敏改变,改变得符合她的心意,至少不使他像原先那般恶俗、讨厌、充满暴躁之气。

她先央求他上床之前要沐浴,继而又要他咀嚼橘子。为了让他品尝橘子的美味,她细心周到地把橘子剥成一瓣一瓣,用自己的纤纤细指喂进刘宗敏嘴里。刘宗敏津津有味地咀嚼着甜橘时,陈圆圆还不忘以自己的掌心捂住他的大嘴,指尖轻轻地抿住他的两片嘴唇,问:

"甜不甜?香不香?好吃吗?"

杀坯出身的刘宗敏,哪里享受过这般的温柔体贴,喜得放声大笑,连连应着:"嗯,甜,香,好吃好吃!"

铁钳般的双手一把顺势把陈圆圆搂过来,在她脸上一连投下几个响亮的吻,道:

"再甜再香,都比不上你圆圆脸上、身上的气味香甜啊!"

完事之后,刘宗敏一边退出卧室一边连声赞叹:

"尤物,真是世上无双的尤物!"

沐浴使得刘宗敏身上干净舒爽,少了那一股粗野之气;吃橘子减少了他满嘴难闻的酒肉臭气。这使得陈圆圆对他的粗野之躯多少感到可以接受一些。

现在她要对付的,是他已养成习惯了的暴烈的情欲。只要一进入她的身子,她就得忍受他那疾风暴雨般来势凶猛的冲撞。仿佛只有这样,才能显示他那威猛无比的男子汉气概。他不懂女人,只晓得满足和肆意地、痛快淋漓地发泄,因而他也享受不到真正应该属于男女的欢情。

在苏州的梨园中,侍奉惯了讨巧卖乖的男人、假冒斯文的狎客,陈圆圆有时也幻想哪一日会有一名既懂得风情，又识得雅趣，长相却又高大威猛、孔武有力的男子，在待人接物上温文尔雅，在行性事时又能让她满足的男人出现，带给她从未有过的刺激，又让她精神上感觉无尽的缠绵。她就是这么爱上吴三桂的。

刘宗敏是一头豹子，野兽一般粗鲁，几乎夜夜洪水野兽般地折磨她。她想着迎合他，想着让他尽兴，想着满足他的发泄，可往往不待她唤起春情，他就如同一大盅酒喝尽了似的鸣金收兵了。

她有啥法子能使他明白这一点呢？

有了，在刘宗敏从崇祯皇帝宫中抢来的堆成山的物品中，陈圆圆看到一册套色春宫画册。乍一见时，圆圆觉得似曾相识，及至捡起来一看，发现这就是在苏州的梨园中钟嬢嬢那里有过的春宫画册，记得钟嬢嬢当时指着一幅一幅春宫图，给她细解着男女床帏之间的那些事儿，让她听着讲解不由涨得脸红脖子粗的情形。画册上除了男女性事的十二种常见情形之外，竟然还有圆圆想也不敢想、梦也梦不着的种种怪模怪样的画幅，看过还真不易忘记。

6

　　圆圆以为这类画册只有钟孃孃经营的梨园中才藏有,哪晓得皇宫之中竟也有这种春宫画册,而且还是套了红、绿、蓝、墨四色印的,比梨园里钟孃孃宝贝一样藏着的精美得多了,钟孃孃的画册,是单色版的重印本,好些处是模模糊糊看不甚明白的。哪像皇宫中的这些画册,不但色彩丰富,还都镶花绫裱,牙签锦带束紧,画得也都漂亮清晰,光是女人的胸乳,既有那种尖而微微下垂的,又有坚挺滚圆的,还有饱满硕大的……

　　初次看到,圆圆已是过来之人,随便翻过,便弃之一旁。这会儿她想起来,这套色春宫画册中有画,还有字。那些字写的尽是男女交往及至交媾之时的事情,丢给刘宗敏这粗野暴戾的汉子看一看,说不定会让他知晓一点风情之事。

　　圆圆把画册随意地放在刘宗敏沐浴过后进她卧房的必经之路上,她忖度着,只要他看过,即便他无暇细读那些文字,图画总是一看就懂的。

圆圆成功了。

刘宗敏翻阅那本从皇宫中抢夺来的彩色套印春宫画册,比陈圆圆想象得还要细微,他翻来覆去地看着,旁若无人地瞪大眼睛。在硝烟弥漫、沙尘滚滚的战场一路冲杀过来的虎将,从来没想到,和女人在床榻之上,还有这么多的花样姿势和方式方法。

陈圆圆暗自笑道,这粗俗暴烈的汉子,也是个人呀!

吴梅村吴伟业不是说美女倾国、美女误国吗?明朝的灭亡原本是腐败朝廷的横征暴敛、营私舞弊,弄得百姓民不聊生、怨声载道、哀鸿遍野。哪能怪罪到漂亮女子身上?这世上当了皇上的、当了大官的,哪个不要美女?刘宗敏跟着李自成进了北京城,不是把皇宫里没杀死的嫔妃们像金银珠宝一样地分配嘛,刘宗敏不是第一个把她陈圆圆抢进府中了嘛!

若真说美女误国,那我真要让刘宗敏、李自成败走京城。

要走成这步棋,要活着回到心目中的英雄、自己的丈夫吴三桂身边,陈圆圆首先得从刘宗敏的魔掌中脱身。

当夜,刘宗敏待她的态度已经变了。从以往肆意地发泄变成了想要享受,想要品尝。他的一双握惯了兵器的手在陈圆圆的身上缓慢地抚摸,抚摸圆圆的双肩,抚摸圆圆的腰肢和脖颈,抚摸圆圆沉甸甸的乳房和浑圆的屁股时,他忍不住想要揉捏几下,可是一看到圆圆噘起了嘴,他便变得轻柔了,还会低声问:

"疼吗?"

圆圆不用话回答他,只是像示范一般,伸出自己的双手,纤柔地把掌心滑过他鼓凸的肌肉、发达的胸膛,见刘宗敏舒服地闭上了眼睛,连喘息般的呼吸都屏住了时,圆圆这才柔声喃喃地问:

"好吗?"

刘宗敏大睁着一双豹子眼,兴奋地朝着她点头,满脸放光地向她挨近过来,把漆黑的胡楂子脸贴上来。

圆圆引导着这个粗鲁的蛮汉进入她的港湾,享受着他的男子汉的英武威猛,同时让他感觉到从未有过的酣畅雄壮,他贪婪地发泄着被她激发和逗引出来的一阵比一阵强烈的欲望。他白天享受着皇帝佬儿和大臣们享用过的美味佳肴,滋身补体的精致食品,晚上迸发出无穷勇猛的壮力,他睡过无数的女人,没有一个女子给过他如此刺激和舒服的感觉,那些文人雅士吹嘘过的欲仙欲死的滋味,他算是体会到了。

圆圆轻狎地微笑着,露出迷人和勾魂的眼神,她娇声细语地叫死喊活,她晓得这一招最讨得男人的欢心,她要这男人离不开自己,舍不得刀劈剑刺自己,她要从这滥杀无辜的男人魔掌下逃出一条小命来,只有施出在苏州梨园中学来的一切手段对付他,勾引他,迷惑他,征服他。那些饱读群书、享受过度、对过日子厌倦至极的穷酸文人们不是说,要勾住男人的魂儿,就得让男人感觉她是他的唯一,皇上是这样,黎民百姓也是这样,不出其右,古往今来都是如此。

7

为了活下去,圆圆一忽儿幽邃,一忽儿絮叨,一忽儿快活,一忽儿疯狂。这疯狂是少不了的,她要让刘宗敏感到,不单单是他快活无比,她同样欢乐。她极尽娇态地展露自己白嫩的身子,光洁润滑的皮肤。他的威武雄猛也在唤起她的欲望。他在享用她,她也在享受他。钟嬢嬢不是说嘛,在男人享受你的时候,你也要享受男人,感觉到快乐。这样才会摆脱厌倦、摆脱烦躁不安的心情,才能睡得踏实。只有睡得踏实了,你才能保持美丽的容貌、充足的精神,才能应付第二天的营生。梨园才能兴旺啊!

钟嬢嬢真是一个过来人,把一切都参悟透了,把一切都说白了。圆圆此时此刻,只有拾捡起苏州梨园中学来的那一套本事,来对付大顺军中杀人不眨眼的将军刘宗敏。

她卖弄风情般不动声色地勾引着他,她愈变愈疯狂,愈来愈放荡。既然他是个人见人怕的魔鬼,她也要变成一个魔鬼,声色甲天下的女魔鬼。

她就是这样逃脱了刘宗敏的杀戮之灾。经历了这些个没心没肝的翻天覆地的夜晚的挣扎,经历了这些个狂叫乱喊的颤抖和嘶叫,后来面对李自成屠杀吴三桂全家,杀到她头上来时,她才会面对血淋淋的屠刀,说出那一番"妾死于大王何利"之言。

只有圆圆魂灵深处晓得李自成最终刀下留她一条命的缘由。

书写史书的文人们探究大明王朝覆灭的原因时,说李自成是基于利益的考虑,对拉拢吴三桂还存有一丝希望,只不过是猜测罢了。他把吴门三十八口都杀了,能不招吴三桂仇恨?圆圆拼胆对李自成说,留下她以系吴三桂之心,在她把话说出口的当儿,自己都觉得不是那么有把握的。

民间盛传,李自成对陈圆圆声色甲天下之名,也是闻之已久的。真正面对陈圆圆之时,他能不看见陈圆圆比传闻之中更为美丽妩媚、千娇百媚之色?他也是个皇帝啊!他难道不想要陈圆圆这天字第一号的女人?陈圆圆从闯王的眼神之中,也是能读出几分意味的。李自成不杀她、不把她强掳而去,只怕是和崇祯皇帝当时宣她回田府一样,是忧虑江山而不要美人,李自成忧虑的是他的帝位而弃圆圆。

事情的发展正如圆圆的直觉,她从兵荒马乱的厮杀中活下来了。

而如今,圆圆的直觉又在告诉她了,她生命中最重要的男人吴三桂,也在做皇帝梦了。虽然吴三桂从来不曾说出口,虽然他仍不慌不忙安心做着平西亲王,但是圆圆已从他和大清康熙皇帝的关系、与内心的博弈上,从他的所作所为,从他紧锣密鼓的部署中洞悉,吴三桂的皇帝梦是要付诸实施了。

尽管圆圆真心地希望自己的男人美梦成真,但是她的直觉,她一次又一次经过检验的直觉告诉她,吴三桂的前景,十分不妙。

三、万千心事难寄

1

失踪多日寻不见的圆圆忽然回到梳妆台现身,令吴三桂喜出望外。

她现身得正是时候。

她选择在这当儿现身,亦是刻意安排的吧。

亲兵报说贴身的侍女、从贵州带过来的蓝玉敏也回来了。他亲眼见了的。

亲兵又报说,一听到她归来,娘娘张凤卿就到梳妆台拜访圆圆去了,她又哭又笑地在圆圆住处待了好长时间。

吴三桂料知张娘娘是去向陈圆圆讲反清之事的。这女人,忧心的是儿子吴应熊,你在这边一祭旗反清,北京城里的驸马爷吴应熊必定是脑袋落地,她是为亲生骨肉的安危去求陈圆圆来劝他的呀。这个蠢婆娘,她懂个啥呀!

吴三桂料定,久没相见,陈圆圆是会选择一个时机来见他的。多事之秋,她该也有心事。

殊不知,吴三桂同样怀着迫切的心情要见一见圆圆了。不是思恋她的花容月貌,圆圆年过五十,正值知天命之年,再是声色甲天下,也是风韵犹存,不可和当年相比了。况且,吴三桂身旁从来不缺新的女人,莲儿、四面观音、八面观音,一个比一个机灵乖巧,一个比一个懂得讨他这个当世英雄的欢心。且不说怡园之中,还有那么多如云佳丽供他候选,他哪里还会贪恋年过半百的圆圆。"江山代有佳人出",道尽了人世间的更替规律啊!他急不可待地想要见一见圆圆,是要倾听一下她的献言,是要知晓一下她的直觉,如何预知他反清之后的命运。

圆圆的直觉惊人呐。田弘遇将她献与崇祯皇帝,她预感到自己当夜会回到田府。刘宗敏把她抢夺回府中,她预感到自己能从这杀人如麻的强盗囚禁中脱身。李自成把他吴家三十八口人一个不剩地斩尽杀绝,她预感到自己的抗拒能奏效。篦子坡绞杀永历帝,她说过要变天,结果,天蓝云白好端端的昆明天气,硬是会狂风大作,飞沙走石,天空连暗七日。至于动乱之中重逢以后,他身经百战,每一次出征,她的吉言回回都应了验。让吴三桂欣喜无尽的同时,暗自称奇。而这一回,如若祭出反清大旗,前程、后事如何呢?

是大获全胜,他吴三桂成为一个崭新王朝的皇帝。

还是和北京城里的康熙皇帝隔江而治,成为半壁江山的主人。

或是退而求其次,隔守西南一方山水土地,如同古时的三国之一蜀国。

无论哪一个后果,他的心中该有一个底,以便运筹帷幄,有个通盘考虑。

时不可待,朝廷的特派使者奉诏谕已到滇省,撤藩诏谕即将下达,再不做判断,吴三桂也无退路可走。

吴三桂等不及了,他在亲兵护卫之下,在月朗星疏之夜,到梳妆台来了。

早有人报知圆圆。梳妆台庭院里宫灯悬挂,一片灯光。吴三桂来到梳妆台庭院前,令护卫的亲兵持灯笼等候门外,自己欣然踏进门去。

圆圆的贴身侍女蓝玉敏迎候在院里:"平西亲王驾到,玉敏奉圆圆之命,特备迎驾的圆圆佳酿,迎候亲王多时了。"

吴三桂虽有眼疾,眼角的余光却早已看到,圆圆也已恭候在梳妆台门前施礼。他装作没有看见,趁着月色,端详着这位圆圆格外器重的贵州屯堡女子。他记得,年龄不大的蓝玉敏是在他们大军第二次过屯堡时跟随陈圆圆的,不像其他侍女,做过一阵,就换一个。她追随服侍圆圆,已有多年。难能可贵的是,一个黄花闺女,她竟不思嫁人。圆圆遁入佛门,她也跟着烧香拜佛,一心进入那片清净之地。吴三桂记得最清晰的一件事,是平西大军驻扎在贵州平坝天台山麓,适应西南水土时,蓝玉敏硬是在天台山居处,督工为圆圆修建了一个犹如密室般的浴室。一问,原来她的父兄都是石匠啊!

见随军远征风尘仆仆的圆圆喜不自胜地夸赞蓝玉敏能干时,吴三桂也忍不住走进这内室暗门外的房间瞅了一眼。

万没想到,建在山巅隐蔽处的这间浴室,不仅通畅明亮,借得天光,四壁的青石板光滑平整,镶嵌得严丝合缝,棱角分明,比起西安郊外杨贵妃洗浴的华清池,都要精致华丽。连在天台山上宿过几夜的吴三桂,竟也在这浴室中舒舒服服地洗过几回澡。真难得矣。

2

接过侍女托盘上的一小杯圆圆佳酿,一饮而尽,赞了声好酒:"这圆圆佳酿,越喝越有味道了。"

"谢亲王爷!"

吴三桂见她一躬弯到底,笑吟吟道:"玉敏啊,圆圆可好啊?"

"听说亲王爷要来,圆圆娘娘恭候大驾多时了。"

吴三桂这才仰起脸来,向站在门口施礼的圆圆打招呼:

"圆圆。"

"将军,圆圆候驾多时。"圆圆向吴三桂躬身施礼,声

069

音仍如莺啼鸟鸣般好听,"请再饮一杯。"

侍女又把托盘送上前来。吴三桂取过第二杯圆圆佳酿,先是闻了闻浓郁的香气,继而又是豪爽地一饮而尽道:"在昆明这地方,喝圆圆亲酿的江南家乡酒,别有一番滋味。"

圆圆一展纤手:"请!"

进得梳妆台室内,在红木大理石椅上坐定,蓝玉敏献上茶,退出屋去。吴三桂呷了一口这云南产的滋味浓烈的盖碗茶,咂巴着嘴里的回味,以问候的语气道:

"久未相见,卿身体可安?"

"心平如镜,妾身自安。"

"听说凤卿二娘娘①已来过你这里?说起怎些家事、国事?"吴三桂的语气,已变为询问一般,"你久未在府中,想必已风闻一二?"

圆圆端起盖碗茶,以杯盖轻轻摩拭浮在杯沿的茶叶,

---

① 在北京城吴襄府中,吴三桂之兄吴三凤之妻被称为大娘娘;三桂原配张凤卿称二娘娘。陈圆圆亦被称三娘娘或邢娘娘。

俯首却并不喝,只是清晰地嘘了一口气道:

"将军已成骑虎之势,妾心里是明了的。"

吴三桂慨然,圆圆虽消隐不见,对于时局,对于他吴三桂所处的境遇,却是一目了然,洞悉得清清楚楚。张凤卿哪里可同她一比。他到梳妆台来原想说的一番话,全都可以省却不说了。"骑虎之势"四个字,形象地把他吴三桂现今的处境,一语道破了。这真是圆圆难得之处。康熙要撤藩,他吴三桂如若遵照圣旨,解甲归田,回到当年驻守的关东,能有清静的好日子过吗?能颐养天年吗?全是张凤卿这类头脑简单的妇人之见,到了那时,他吴三桂就是皇上砧板上的一条鱼,任由人宰割吞食的一条大鱼。他会甘心落个这样的下场吗?

他是被逼着不得不反清啊!

骑虎之势,骑在虎背上,他不得不采取剧烈的反应。否则他就得被虎吃掉。骑在虎背上,他必须有比虎更为狠毒的手段,才能制伏老虎。

圆圆这四个字,道出了他吴三桂眼前左右为难又不得不机诈应变的境地。

就如同从缅境抓回了永历帝朱由榔，他要不要去见这位南明故主，去见时穿何种服装，见了跪还是不跪？他不是设想过，见永历帝时外穿清服，内穿明服吗？他不是想把矛盾上交，把永历帝押送北京，让康熙这个年轻的皇帝处置棘手难题嘛。历朝鼎革，不诛旧君，不是有部将如此提议的嘛。哪晓得朝旨发来，允留永历帝在滇由三桂处置。

更难了，那是明显的试探啊！

吴三桂进退两难之中决断了，无毒不丈夫啊，只因永历帝的母后自缢时大骂吴三桂："他日九泉之下，当看汝碎尸万段。"吴三桂恶从胆边来，大怒道："她要在九泉之下，看我碎尸万段，我先焚其尸，化为灰烬。则本藩他日碎尸万段，她也看不见。"

故而下令将永历帝和太后焚化之后，又到各处分撒骨灰，并穷凶极恶地大开杀戒，将永历帝妃嫔、下人杀去二千来人。以至昆明城里传播着"穷凶极恶弑帝后，焚其尸首扬其灰"。

吴三桂的恶名传得更盛了。民间说他叛明、叛闯，可他叛对了呀！七毒俱全的明皇朝灭亡了，闯王李自成消失得无影无踪。如今，他又要叛清了，圆圆会对他的这次抉择，可说是人生最大的一次决定生死命运的抉择，有什么样的直觉呢？这对吴三桂来说是至关重要的。

来梳妆台之前，吴三桂思忖过要对圆圆讲一讲大局，讲一讲他面临的处境，讲一讲他的矛盾心理，不料一开头，圆圆的"骑虎之势"说出口，吴三桂就明白了，圆圆这些天里虽然隐匿尼姑庵中，离群索居，念经拜佛，看上去是不问世事，六根清净。其实她的心仍旧牵挂着平西王府，毕竟，她是属于他的。他这一辈子，睡过无数的女人，连赏赐给他的满妇，都为他生过女儿，可真正懂他的心，能使他一次一次怦然心动，忘怀不下的，只有陈圆圆。而圆圆呢，她这一辈子，也阅过无数的男人，中眼的不中眼的，无奈的被迫的，但是真正上她的心，进入她灵魂的，只有他吴三桂一个。是吴三桂让她过上了雅致而又有尊严的生活，让她跳出了田府虽奢华却度日如年的日子。况且顺治二年至五年，大清帝国初定天下，他们还在辽东真正过上了三年多相亲相爱、享尽荣华富贵的日子。活这六十多年,还没第二个女人,像圆圆这样受到吴三桂宠爱的。圆圆的心底深处该是明了的吧。

3

吴三桂含情脉脉地凝视着年已半百的陈圆圆,圆圆凄然一笑道:

"将军英雄一世,荣及贱妾,妾已无憾。"

"那又为何避开世人、遁入佛门?"吴三桂提出自己的疑问,"该享尽荣华富贵,安度晚年啊。"

圆圆淡然地一笑:"妾荣华已极矣,再享荣华,必增妾心累。故躲进净室,俾修慧女。本想就此默默以终余生,并赎前过。而今听闻将军欲举旗反对朝廷,妾此愿休矣。将军,你下此决断,二娘娘吓得多夜不能入眠,北京城里和硕公主的驸马,也是你亲生骨肉啊!你不顾忌一二?"

"圆圆,儿应熊、孙世霖,"吴三桂压低了嗓门,哽咽着道,"早已不在人世了。"

"啊!"圆圆骇然瞪大了双眼,"此话当真?"

"假不了!"吴三桂手一摆,"儿媳和硕公主,借祝我六十大寿,送来寿鞋一双。寿宴那日,我兴冲冲穿上寿鞋,只觉得鞋底刺脚,怎么也不舒服。拆开一层膛底布儿,里头夹着血书一封,倒插着几根绣花针……"

吴三桂悲极低泣,圆圆放缓了语气轻问:"血书上写了?……"

吴三桂手一摆:"只因应熊在书信上向我泄露了撤藩事宜,让我早做应变准备,开罪于清帝,才被毒酒害死的。"

"那你怎么不把实情告之二娘娘?"

"她那张嘴靠得住?传扬出去,和硕公主的命也难保啊!"

圆圆默然,眉头微蹙。

吴三桂轻嘘一口气:"正如你言,已成骑虎之势,势所必然,开弓已无回头箭。圆圆,你历来都有预兆,其兆往往显出先见之明,你料举旗反清一事,前景……"

说着,吴三桂大睁双眼,盯着圆圆眉清目秀的脸庞。

圆圆沉吟片刻道:"偌大之事,圆圆实难预料……"

"你的直觉……"

"这不是将军往昔的一仗一役,妾自有吉祥之直觉。此番举旗,若得一呼百应,合天下人心意,那必然是乘风破浪,旗开得胜,势如破竹,可直捣京城。"

吴三桂喜悦道:"部将中有陆路进军和水军进军一说。从哪个方向出兵,亦争执不一。"

"哦?"

"且断言,水路进军,必节节得胜。圆圆说乘风破浪,也是此意?"

圆圆摇头。

吴三桂脸上的笑容僵住。

圆圆柔声轻吟般道:"妾意是……"

"胜还是败?"

"既要想到大获全胜,又要设想到失利。"

"何以见得?"吴三桂的脸色变得严峻了。他的部将中,很少有人敢当面这样对他讲逆耳之言。

"胜则皆大欢喜,妾更是荣华更趋登峰造极,不必多言。"圆圆斟酌着字眼道，"出师之前，多设想到失利，更能挽危为安，将军身经百战，必思考周密，不是一味地冲冲冲、杀杀杀的。"

"所言极是。"吴三桂已听出圆圆的话外之音，他点头道，"可这一次举旗反清，是只能胜不能败呀！正如圆圆所道，胜自不必多言，若败……"

说实在话，吴三桂脑子里，没细想过失败会是什么结局。

圆圆喃喃道："得思虑周全啊！今日大清，已不是初入关时的满人了。"

这话虽不入耳，却是真言，尤其是羽翼渐丰的康熙。吴三桂仰起脸来问："圆圆的意思是？……"

"将军聪明过人，该想得到。"圆圆提醒一般道，"应熊父子，只是走漏一点信息，就遭诛灭。"

吴三桂脸色铁青，默默颔首。失败的结局虽然不堪设想，可往细处想来，确如圆圆所言，大告不妙。他沉吟良久，不由问道：

"圆圆的意思是，得为你想好一条退路……"

"妾已年过半百,风流早过,既藉一死,亦不足惜……"

　　"快不作此想。"

　　"妾随侍大将军已近三十年,知将军性情严厉,药石之言,轻易不进。时至今日,起兵反清之时,妾岂忍坐视?"

　　"但言无妨。"吴三桂要听的就是陈圆圆的直觉。民心所向、兵力对比、进军部署、对大势的分析,他已翻来覆去一而再再而三想了又想,不须圆圆细析了。

　　圆圆放低了声音,倾身向前,用只有吴三桂才能听见的声音道:"妾寻思,应熊、世霖已遭不测,将军总得要把自己的根根留住。"

　　这话说得再明白不过,一旦举旗反清之举惨遭失利,大清皇朝必对他吴三桂满门抄斩、株连九族,如同他诛杀永历帝母子及追随者一般。话虽逆耳,却是忠言。吴三桂抬起眼皮,瞅了圆圆一眼。梳妆台内寂静无声。唯灯光闪烁不定。光影中两人相对而坐的身姿也在晃悠而动。

4

梁上悬挂的灯笼光影里,圆圆正大睁着一对忧心忡忡的双眼,凝神望着他。吴三桂心头一颤,低声反问:

"你是说世璠……"

"将军只有他一支血脉了。"圆圆点头,淡淡一笑,像是对他听得进她的进言而欣慰。

吴三桂大手一挥:"非也。"

圆圆看似春风无力之身陡地往起一直,愕然轻声问:

"此话怎讲?"

"世璠是我嫡亲王孙,世人皆知,且已挑重担,即便要隐身,也难了!"

"那总得想个万全之计啊!"

"本藩还有一个亲生儿子。"

圆圆惊得杏眼圆睁,脸色已泛了红:"是哪个?"久居昆明,她那浓重的江南口音里,也不由自主带了昆明音。

吴三桂脸上露出了一丝狡黠且显得意的笑纹,他把手往圆圆的膝盖上轻轻一拍，道：

"就是你视如己出的吴应麒。"

"他不是你兄长吴三风之子吗？"陈圆圆大惊失色，"九岁那一年，甲申巨变之后，送到将军身边来的。"

吴三桂点头，侧转脸去，带一点羞愧之色："他是我升任副总兵那年，所娶杨氏生下的儿子……"

"杨氏呢？"

"生下应麒那年就病死了。凤卿二娘娘不肯抚养他，只得将其送到大哥吴三风处，请大娘娘抚养。"吴三桂道出隐瞒多年的家族私情，"故而他始终称三风为父，喊我为叔……"

"我也始终以为，他是你亲侄。"

"送他回我身边，改口也难了。凤卿二娘娘是知情的，为她亲生儿子计，她不允其改口，不认他是我儿……"

"怪不得，二娘娘待应麒如此冷漠，无事也要挑剔。"圆圆恍然大悟，"我心中还忖度，二娘娘为何对这侄儿，如此寡情？"

吴三桂无可奈何地一笑："人是有感情的呀,自他进入府中,你把他作亲侄儿待,嘘寒问暖,无微不至,他就把你视作亲婶婶一般。在我面前,他就说过,在他心目之中,觉得你比他大娘娘、二娘娘更亲。"

圆圆深叹一口气："太过宠爱,也纵容得他身上染了骄横之气。"

"是有此毛病。"吴三桂颔首,"谋士方光琛就几次对派他出征不甚放心。"

"噢?"

"说他妄自尊大,听不得人言,常常自以为是地做出决断,庸鄙贪纵啊。"

"话还说得不轻哩!"

"是啊!可我又能如何? 他是我待之有愧的亲生儿子啊。将错就错,让外人只晓得他是我侄吧! 要保住根根,也只他这一支了。"吴三桂听进了陈圆圆的劝,采纳了她把根根留住的善言,"他听你的。以后,也只有你,对他多劝慰、多教诲了。"

陈圆圆欣然答应下来:"妾虽不才,当担此任。幸得他的身份没对外暴露……"

"我对清廷，也没奏报过有此儿。"

陈圆圆两条细长的眉毛一扬："那就像你所言将错就错呗！只要应麒心中明了就好。将军，妾还有一言进谏。"

"但说无妨。"

"既已设想上策和下策，实施下策，也得有精兵强将辅助。将军心下，最为靠得住的女婿是哪一个？"

吴三桂仰起脸来忖度着，不免迟疑："都是自家人，一时半会儿……"

圆圆提醒一般："嘴巴最严的，不会轻易吐露家族秘密的。"

"那得数郭壮图。"

圆圆点头："忠心耿耿的良将呢？"

这会儿吴三桂丝毫没有犹豫地道出："那得数马宝、马亮父子。"

圆圆点头称是，陷入沉思。吴三桂看得出陈圆圆对此已思虑良久，他不由问道："圆圆对隐匿之地，有无考虑？"

5

"夜郎。"陈圆圆脱口而出,继而把征询的目光投向吴三桂。

吴三桂缓缓点头,猜测着道:"是蓝玉敏出身的黔中平坝团转?"

他记得,大军过贵州山地,恰遇多雾多雨时节,陈圆圆对平坝附近天台山团转大明王朝初建时三十万大军屯守下来的村村寨寨,赞不绝口,称那一片的山水景观,和江南风光十分相似。大有栖居养息之意。

"那里好是好,俗称黔之腹、滇之喉,也属小小的粮仓。"圆圆的眉头微蹙,先是点头,继而又摇了摇头道,"只是京族聚居,二百六十多年来仍沿袭着汉族的风俗习惯,清朝大军若过境,势必对那一片几百个村寨严加搜查,不易隐身,更不易脱身。"

"那么……"吴三桂走进梳妆台才涉及这一话题,没有细察深虑,但他也深感圆圆思虑周密。黔中那一带,交通虽谓便利,可也利于搜捕。况且匪患不绝。有一回吴三桂出安顺没多远,遭逢夹击,慌乱避险之中,快马跑进黄果树瀑布,还把装有金子的密匣丢进了瀑布下的犀牛潭中。他沉吟着,不由得问:"圆圆属意的地方,是哪里呢?"

圆圆以讨教的语气问:"将军你看,古思州龙鳌河畔怎样?"

"好!"吴三桂不由击掌称道,眼前又浮现出刚才在门外迎候的蓝玉敏的形象,这聪慧伶俐、知书达理的女子,出生于石匠之家,想必那千里之外的进出贵州大门的要冲地带,更易融入和扎下点根基吧。他依稀记得,大军过思州时,圆圆对那一片良田沃土、龙鳌河风光交口称道。明朝天启年间修建的龙鳌隘门关,吴三桂还记得那模样,其一夫当关、万夫莫开的气势,和川陕交界处的剑门关,也有几分相似之处哩。圆圆一个文弱美貌女子,没想到如此地深谋远虑。年轻时她太美了,美得令观者惭愧,美得从风流才子到老迈腐朽都想染指,美得皇上和寇贼都想霸占,美得既离世人很近很近又隔开俗人很远很远,就是他一代英雄吴三桂,不也只是关注了她淑女型袅袅然的姿色和过人的直觉,而忽视了她容纳海天般的胸襟,忽视了她机智过人的胆识和坚毅吗?吴三桂虽然珍惜她,敬重她,时时还愿听取她的诤言,心底深处不也认为她能有今日富贵荣华,是她依附于他这豪杰才得到的吗?他不照样和莲儿,和妩媚讨巧的四面观音,和娇情无限的八面观音纵情享乐、笙歌达旦吗?

细为圆圆计,她这半世人生,啥没经历过?青葱少女时随姨夫改姓陈,沿街叫卖,既卖小吃又卖唱。进入苏州的梨园,也是迫于生计,她以独特的风韵和声色甲天下的名气招来无数的男人,风流才子、纨绔子弟、坐商客商、自命不凡的官吏和纯为品尝异味的狎客。终于被田弘遇选进府中,为悦崇祯皇帝而送进宫中。

从此,她是不用为生计发愁了,她是能过上锦衣玉食的日子了。她大开了眼界,她啥没见过,田府中的文玩珍宝,官场礼仪,及至入宫时见到的妃子、皇后,还有堂堂的一国之君。

大起大落的甲申年,她风闻亲眼见过的崇祯皇帝吊死在煤山的树上,她骇然伴虎般陪着嗜杀成性的刘宗敏,她还见过了取而代之当上大顺政权皇帝的李自成，闯王李自成，农民军首领李自成。还有，还有被他吴三桂逼死的永历帝朱由榔。

似乎直到此时此刻，吴三桂才想到，这几十年的狂风暴雨，这潮涨潮落、生生死死的一幕一幕，给陈圆圆的心灵造成的是什么感觉，留下的是啥印象。

尤其是在烽火中追随他吴三桂以来，他从未问过她，看到一场一场血战厮杀，看到成千上万的尸横遍野，看到了帝王的血，吴门遭逢灭门之灾，看见一次一次杀戮，看到爱心被辱、财产被抢、皇恩被夺和一回一回的背叛及大帐里的阴谋诡计，她作何想。

她是有想法的呀，他和数不清的女人厮混，她虽恪守不许妒忌的妇道，心底深处难道她真就认为这是英雄豪杰之举？她是识文断字的呀！

走出陈圆圆梳妆台庭院时，吴三桂的心头是万千思绪涌上来，复杂得他自己也梳理不清。

他回了一次身，明灯高悬之下的梳妆台庭院门前，圆圆和她的贴身侍女仍伫立着向他在道别，见他转身过来，圆圆和蓝玉敏深深地躬身施礼。

吴三桂挥挥手,心情既是释然的,又是郁积的。

郁积的是圆圆坦率地告知他,此番举旗反清,并非一帆风顺,并非如之前她一次一次地对他出征的祝贺,贺他班师回朝,贺他得胜而归。而是提醒他,他的前程中有危机,要做两种准备。

吴三桂难道不清楚吗?这已是 1673 年了,再不是明亡之初,清王朝已在北京城里坐稳了江山。他吴三桂,终究只是扼守西南的一个藩王而已。他那么迫切地需要知晓圆圆的直觉,其实也是心中无底的一种表现。

释然的是,圆圆已为他做好了最坏的打算,哪怕退而求其次三分天下取一这点都实现不了,圆圆已做了"夜郎行"保住他吴氏血脉、留住根根的盘算。

毕竟在昆明居住了十几年,看,"根根"这一纯粹的西南方言,连圆圆和他都自然而然接受了。

想到这里,吴三桂不由"哈哈哈"仰天大笑,真是时势弄人也。

四、离别伤情

1

轿子颠得久了,也颠出了规律。一摇一晃一颤一抖的,陈圆圆跟着摇摇晃晃颤颤抖抖,时间一久,竟有一种昏昏欲睡的感觉。

这贵州的古驿道,真的不好走啊!李太白叹曰:"蜀道难,难于上青天。"

圆圆几十天走下来,只觉得黔道之难,同样险峻难行啊。蜀道上最难行的金牛道,圆圆是随大军过了的。那是名副其实的蜀道啊。

吴梅村诗中还写了"专征箫鼓向秦川,金牛道上车千乘"哩!

这栖居江南水乡的太仓人吴伟业,肯定是没有走过明月峡百步九折的路,可他的诗,写得还是符合实际的。"车千乘",圆圆这会儿呢?只是"轿一顶"啊。这蜿蜒曲折的崎岖山道,只让人感觉走来永远没个尽头,直伸到云端里去。

怎么从李太白的诗,一想又想到吴梅村的《圆圆曲》了呢?

陈圆圆撩起轿帘,想要让山道清冷寒冽的新鲜空气透一点进来。天哪,怎么尽是一片白茫茫浓沉沉的云雾啊!雾气雾团顷刻之间往轿子内弥漫进来,还带着一股寒意。

圆圆打了一个喷嚏,赶紧抬手放下轿帘,把山里湿重的浓雾挡住了。

吴梅村吴伟业的这首诗,世间流传二十年了。"冲冠一怒为红颜",两百年后,还会有人讲。一想到这一点,圆圆的心就紧、就疼。那是说她像妲己、褒姒、吕后、武则天一样是祸水,她是像她们那样的人吗?她不是啊,从小沿街叫卖零食瓜子时,她就听到了一句话,小女子长大成人后,抗不得命,"嫁鸡随鸡,嫁狗随狗"。后来她晓得,不但江南水乡是这样,京城里的女子、辽东的东北姑娘,都是这样。女子生来就得认命,盼望嫁个好丈夫。可她陈圆圆,自从进了苏州梨园,她就嫁不得人,她的命里指定了没人真心要娶她。那时候,在梨园池塘边的亭子里,眺望中秋夜的一轮明月,她不就在心中暗自悲叹吗——

奈他儿女总情长,
月到圆圆最断肠。

没一个称心如意的郎君会真心娶她呀。

田弘遇将她选进府中,为的是想献给崇祯皇帝。皇上无心享用她,这年近七旬的老贼竟气喘吁吁地折腾她。是遇见了吴三桂,她的三郎、她的雄爽、她的硕甫、她的延陵将军,她才怦然心动,得遂心愿,嫁给了一个将军,一个当世英雄。真正叱咤风云的一位年轻统帅啊!谁不说他勇力绝人?谁不说他多谋善战?虽是他的妾,但陈圆圆感觉得到,他是爱她的,他是把她当作如夫人尊崇的。也是因为追随了他,才引出了后来那么多的变故,那么多的刀光剑影里的阴谋机巧、政权交锋和性爱强暴。不是她陈圆圆有声色甲天下的盛名,不是她成了吴三桂的妾,明清两个王朝更迭的历史会像今天这样书写吗?

从这一点上来说,吴梅村写下的"冲冠一怒为红颜"并非仅是文人的戏言。

况且他还写下了"妻子岂应关大计?英雄无奈是多情"这样的句子。

三桂他是风流情种也好,他悍勇无匹也好,还是他机诈应变也好,抑或昆明人讲他"无毒无奸不丈夫"也好,他已经是她陈圆圆的夫君了,诚如民间一相貌秀丽的小女子,嫁与一个酒鬼、一个盗贼、一个赌棍,女人仍得活下去一样。历经九死一生,历经帝侯将相,既享尽了荣华富贵,也阅尽了烽火硝烟中的尸横遍野,陈圆圆随夫三十年,只能认命了。

2

女人生来是认命的呀。

该向吴三桂表白的,她全表白了。大清王朝已然二

十多年,难以撼动了。绞杀了永历帝,再举反清复明的旗帜,老百姓只会讲他出尔反尔,不得民心了。纵然康熙已杀了吴应熊,可他秘而不宣,只等你反清大军号炮连天出了昆明城,他才布告天下,杀尽你叛贼京城里的内应吴家十几口,你不又是哑巴吃黄连?

陈圆圆心中是明了的,三桂认定了他的反清之策,是能像他以往大多数出征一样,会大获全胜,达到他终极目的的。

他的终极目的是啥?当皇上呗。当又一个皇帝呗。这点陈圆圆比哪个都看得分明。

从看清吴三桂这一真正的目的,且坚如磐石志不可移,陈圆圆已然认定,她已经失去吴三桂了。这样的一个男人,即便清王朝令他解甲归田,真在辽东为他建一颐养天年的王宫,甚至陈圆圆也心甘情愿陪他终老林下,他都不可能去过这样的日子的。他不是这样的人!

而陈圆圆与生俱来的本能的直觉又告诉她,就像以往经事实证明是千真万确的那种直觉告知她,吴三桂这一次毅然举旗反清,必然会招致失败。他为何不想想,他已六十出头,他为何不想想,他当年追剿永历帝、李定国,可以三路大军直逼云南,今日的清帝同样可以令三路大军从四川、从广西、从湖南打过来啊!

陈圆圆还能干什么呢?作为吴三桂的女人,作为吴三桂的妾,她还能干啥呢?

消隐到佛门之中,她已然尝试过,昆明城近郊诸庵落成时,她一一遴选和自己相貌接近又有意佛门的女子当上各庵住持,而她今日在此庵留宿,明日在彼庵留宿,只闻庵庵都说圆圆在此,而哪一个是真正的圆圆,竟无人知晓。证实她的这一方法奏效。后来是贵州屯堡女仆蓝玉敏对她说,真破了昆明城,追查她陈圆圆的大清兵丁,怎会像吴府亲兵那么小心翼翼来找她?惹得他们怒火直冒,他们会将昆明城诸庵和陈圆圆面貌相近的女子,一一捆绑杀害……陈圆圆听后吓出了一身冷汗,又闻吴三桂数次打听急欲找着她,她这才带着蓝玉敏,主动回到怡园边的梳妆台,和吴三桂见上了那一面。

陈圆圆既已凭直觉预知吴三桂举旗反清的结局,想来想去,她作为吴三桂的女人,只有一件事还能帮他,那就是为防不测，为保住他吴门的血脉根根做好准备。

她斗胆把这一点当面给吴三桂提了出来，没想到关宁铁骑出身的他，从不认输的他，把她的这一番话听了进去，还把吴应麒是他亲儿子的家族隐私透露给了她。

圆圆无异于失望之中得到了些许安慰。怪不得原配张凤卿时常用眼角乜斜这个侄儿，怪不得九岁进入吴府的吴应麒对圆圆天生有一种亲近感。他自小感受不到母爱，自然视和善待他的圆圆为亲母。尽管他脾性中不无傲慢之处，可在圆圆面前，却表现得谦恭亲近。而对一生都没生育过的陈圆圆而言，吴应麒成了她视如己出的一个儿子。吴三桂大儿子吴应熊的身份是公之于众的，而这个与杨氏所生的儿子本就身世曲折，没登上朝廷的户籍，把这一支血脉根根保住，亦便成了可行的策略。只是，应麒是吴三桂亲侄的身份同样广为人知，真到了兵败如山倒、株连九族那一天，他也是逃不脱的。故而对陈圆圆来说，要实行存于心中保住血脉根根的计划，还有好多事儿要准备，要想好，要周密考虑。

3

首先的前提是圆圆自家要从人世间消失,消失得无影无踪,消失得无以追索,消失得成一个谜。

就如消失于九宫山的闯王李自成"生不见人,死不见尸"一般。

就如圆圆心目中的词家李清照死于何时、归隐何地无人知晓一样。

大军环集、贯甲全装的诸将排列阵前,兵马北上之前,关于圆圆的消息也一个一个传播出去了。

有说:圆圆逐渐病重,终于百药不治,于明月西斜之夜而殁。三桂闻讯大悲,天亮之前赶往梳妆台,抚尸大哭,谓:"天丧吾美人也!"旋下令在昆明城外商山寺旁,征集工役数百,大兴土木,营造富丽堂皇的吉穴,妥葬圆圆,以供人祭祀。

有云:圆圆不能说服吴三桂打消起兵反清的念头,忧郁投莲花池而死。①

　　相信声色甲天下的陈圆圆已去世的人,有书挽联追悼的,有题诗纪事的,有写祭文的。一时间,昆明城内外,"吉穴无如商山寺",莲花池塘边,都有人自发地前去凭吊、察看。还有人越说越有细节,说陈圆圆的尸体经村人某某和某某某起而葬之,墓就在莲花池畔不远的半山坡上。

　　传言除陈圆圆辞世的消息之外,还有说她未死的,只是像上回一样,又一次失踪了,只不过这一次不是隐身于昆明城团转的民庵中,而是有板有眼地说,圆圆去了她向往已久的峨眉山,在山间林木葱郁、流水潺潺的地方,诵经参禅,远避尘世的喧嚣,一片安宁,以补其过。十几年前随三桂大军过四川时,圆圆就对人人称道的"天下秀"的峨眉山充满了向往。

　　市井俚俗讲得更为传神:想想嘛,圆圆是声色甲天下

_____

　　① "莲花池自尽说",甚嚣尘上,直到 2002 年 7 月,还有人在《羊城晚报》撰文道及此事。(《陈圆圆后传》第 61 页)

的女子,归隐于天下秀的峨眉山,正是她的去处。

还有人说她去了峨眉山只是放空气,她一个弱不禁风的女子,哪里去得了这么远,她知吴三桂此番举旗凶多吉少,遂遁迹于昆明三圣庵。反对者讥诮地针对三圣庵有碑刻为证驳斥道,圆圆是多么聪明之人,她本意是要隐身,怎么会同意刻碑,做"此地无银三百两"之事?她在五华山华国寺后,曾留影一贴而去。不少人争相跑去看已成垂垂老尼的圆圆贴影,回来之后无不感叹人世沧桑,岁月无情,声色甲天下的陈圆圆,竟会有这么一个美人迟暮的凄然景象。

所有这一切,蓝玉敏听来,眉飞色舞地学说给圆圆听,圆圆只是淡然一笑。她要的就是这效果,要的就是神神秘秘、扑朔迷离,让人们竞相说道去。

前队鸣炮先行,吴三桂拥大军而后启程,旌旗招展,每日仅行三五十里,圆圆将此行视为和吴三桂的生离死别。

大军过后,圆圆坐轿出发了。走得虽也是往贵阳的山道,对外则宣称是贵州提督李本深的云南亲戚,去往贵阳李提督府中拜年省亲。马宝将军的精锐暗中护卫着她。选出的同行将士，全是吴三桂旧部中忠心耿耿之辈，他们随吴三桂南征北战多年，在滇省驻扎下来之后，都有一点年纪，不少年长者还有了家眷。闻吴三桂为举旗反清，招兵买马选入不少青春年壮之士，谈兵说阵，以安不忘危为理由，日日练骑射、习准头，训练兵马，同时留下这一批旧部，随郭壮图处置昆明城事务。其中杨、龙、石、戴、罗几位武艺高超的部将，各选信得过的兵士，护送圆圆前往贵州。只对他们说，此去贵州，只为选择一个终老林下之处，远避战火，安度晚年。也不枉他们跟随平西亲王征战多年，金银粮饷悉数备足，将士武器也尽携精良。一路之上，对付流寇盗匪，绰绰有余。

4

圆圆已然在尘世间消失，故也只能穿着民间妇人的装束，扮作李本深亲戚模样，为掩耳目，日日在脸庞上涂抹锅底灰掩饰白皙娇嫩的肌肤。蓝玉敏本是民女，穿上大户人家仆人的服饰，活脱脱一个提督家女仆的模样。况且她亮开嗓子说起话来，装也不用装，就是一口道地的贵州腔，和昆明话还是大不同的。昆明话柔和舒展，沉缓松弛，贵州话音色虽和云南话相同，却是直来直去，少拐弯儿。

圆圆往日里在平西王府深居简出，和昆明百姓交往不多。只在隐身尼庵时，和一些当地人对话，学了几句昆明话。同样一句"小乱居城，大乱居乡"，从蓝玉敏嘴里说出来，和昆明人的感觉就大不同了。

轿子抬出昆明城那一天，听到清丽、悠扬而又婉转的地道《耍山调》：

> 年年有那个六月二十三
> 约着我家七姐八姐去耍耍跑马山
> 跑马山上耍耍山前山后山左山右
> 辘辘团转团转辘辘
> 花红、李子、桃梨、苹果、拐枣、樱桃……

圆圆的眼里不由得噙了泪。终究在这地处西南的昆明城里一住十八年啊,以后是再也听不着这样的城门调了。好有情调的曲儿。

翻越云贵交界之处的崇山峻岭,蓝玉敏听那些随行的军士说,一路过去,要过风城、雾岭、雨都,尽尝穷山恶水的滋味。

风城的滋味圆圆已尝过了,轿子被吹得晃悠起来,经常是歪歪斜斜的。轿帘掀起来老高,吼啸的风直扑进轿子里来。圆圆骇然生疑,怎么大军进滇时,并不感觉这么险恶呀!蓝玉敏解释道,季节不同,这是多雾多雨的腊月间,风都刺骨。"贵州落雨当过冬"啊!

今日的雾这么浓稠,看来是在翻越雾岭了。前头的雨都,说起来更令人疑讶,一年三百几十天,竟有二百多天里是落雨的。余下那一百多天,也是阴天多,出太阳的日子少而又少。怪不得听说,贵州人吃辣椒,比起昆明人来还凶呢。辣椒御寒啊,辣得人性格也不一样。

蓝玉敏时常同随行的军士摆谈,说有一夜在客栈求宿,一个石姓部将拉开客房抽屉,骇然见抽屉里放置着双手十指的残存骨节,十指的骨节历历在目,显然是个黑店。石姓部将单名一个茂字,当即不动声色地唤来杨重钧、龙开春、戴克楠、罗本召五位部将,号令手下轮流值哨,加强警戒,严防生变。

事后圆圆听说此事,不由得有些后怕。同时也深谙,这五小队随行将士,确是靠得住的心腹之人。马宝将军选得好!

轿子后倾,圆圆知晓,这会儿在上坡了,路也行得慢起来。她不由得趁着轿帘晃动,又轻轻掀开一条缝,朝轿外望去。

哦,翻滚的浓雾之中,浪涌峰浮,沟壑交错,奇峰异峦苍翠碧绿。凛冽的风吹来,直让人齿冷脚寒。

"婶娘,翻过这道大坡,一路都是下坡道了,下到坡底,就能歇下来。"走在轿子边的蓝玉敏,注意到了圆圆在掀帘察看,紧往前走两步道。婶娘的称呼,是圆圆和她说定了的。

"是歇幺铺子,还是宿在镇上?"圆圆问。

"听说是个古镇,有客栈。"玉敏答。

圆圆看一眼天色,狐疑道:"时辰还早嘛,就歇下了?"

"雾大湿气重,一路不是上坡就是下坡,道上就像擦了油,不好走。"蓝玉敏显然都打听清楚了,说,"过了古镇,前头那一截路,走到天黑都没宿处。他们说了,这么走,误不了事,小年夜之前,肯定能赶到李提督府上。"

"那好了不得得。"圆圆学说了一句昆明话,放下了轿帘。

5

只说话的一会儿工夫,轿子里头已晦暗一片,幸得蓝玉敏为她想得周全,轿椅靠背、两边扶手,都给她备下了厚实的靠垫,她身子靠紧了,随时随地可以闭目养神。

圆圆一合上眼,就有一股倦意袭来,也许真是年过半百,容易疲乏劳累。她想就此酣睡过去,睡着了,一觉醒来,也许这颠人的轿子已翻过了大山,下了大坡,到了云贵边界地的古镇了。可闭上眼,她又睡不着了,万千思绪重新涌上心头,纷乱而又零碎。圆圆比谁都清楚,她这是心累。古人是怎么说的,心累则体累,心累则四肢俱累。"才下眉头,又上心头"啊。活在这人世之间,心累得不堪,则一切休矣。

李清照在她的词中写道:

> 感月吟风多少事,
> 如今老去无成。
> 谁怜憔悴更凋零,
> 灯花空结蕊,
> 离别共伤情。

和吴三桂一别,她心累的病更甚,这是她事先没想到的。她只以为,此一别将所有心事放下,倾余下半生,只做好为他吴三桂后裔隐身一件事。哪晓得,心烦意乱,根本静不下来。何故呢?荣华富贵,她都经历过了,享过福了;尸横遍野的烽火硝烟,人世间多少女人不曾见过的惨相,她都目睹过了;刀悬头顶、剑刺胸前的险境,她亲历了;还有那一幕一幕血淋淋的场面,旷野上的、宫殿里的、内室中的,噩梦里回光返照般会重现的,她不也在惊慌失措中——熬过来了嘛。爱情,她似乎得到过又像流水从指缝间消失般不见了,她曾经以为可凭声色甲天下的美貌艳丽和自己独到的风姿情韵拴住男人的心,如今她也不再相信了。人世间哪里会有永恒的爱情? 有的只是诱惑、追求、贪婪、欲望、享受和纵欲。随着衰老而即将面临的,对她陈圆圆来说,只有一件事还没经历过,那就是告别人世……

思忖到这里她忍不住抿着嘴儿凄然一笑,怎说没经历,在世人眼中,在已远离的昆明城内外,人们不是已经纷纷扬扬地传言,风华卓绝、才艺出众、国色天香的陈圆圆,在吴三桂举旗反清之际,最终仍然难逃红颜薄命的古老谚语。

连死亡是什么滋味她都尝试了,她还烦愁什么呢?她要做的只有一件事,那就是赶往两千里路外的山清水秀之地,寻觅一个栖息处。

轿子陡然地疾颠起来,圆圆双手紧紧地抓住座椅扶手,双眼圆睁,心"咕咚咕咚"一阵惶惶地跳动,她分明感觉到,轿子在往下山的路上一阵狂跑。有那么一瞬间,她甚至听见了一声惊叫,一番厮杀,轿子好像已凌空飞了起来,脱离了轿夫的手,往万丈深渊里坠落。

圆圆一阵惊骇,不由紧紧地闭上了眼睛,心头说,就那么去了,那倒也好。只是,这狂奔疾跑中的轿子总也落不到地上,总是在那么剧烈地晃呀晃、晃呀晃……

圆圆晕晕乎乎地翕着眼,有那么一阵子,仿佛魂灵也飞出了躯体。可她又敏锐的感觉,轿子落地了,稳稳当当地不动了。圆圆睁开眼,正要伸手去掀开轿帘,她分明听见了刚才飞奔狂跑的轿夫那粗重的喘息声。

随即,玉敏那干干脆脆的嗓音在轿门边响了起来:

"婶娘,你受惊了!"

"来得好突然。"这是一个轿夫余悸未息的嘀咕。

圆圆把轿帘掀开一条缝,轻声询问:"是咋个回事?"

"晓不得,"一个喘吁吁的沙哑嗓门答,"只喊我们快寻路边避一避。"

另一个用猜测的口吻道:"多半是遇上强盗了。"

"抢劫!"还有人以肯定的语气道,"没听说嘛,这一路之上,常有杀人劫财的。"

"啷个可能呢,不是说,前头几天,大军刚过嘛。还有龟儿敢来造次的?"

"嗳,嗳,"蓝玉敏打断了他们你一言我一语的猜测,"喊你们歇息就歇息,咋个越说越怕人了呢。不怕我家婶娘听了吓出病来?"

轿门外的人顿时一阵安寂,圆圆在轿内也待得气闷窒息,她一掀轿帘,走了出来。众人都转过脸来,不约而同地望着这位年已半百的"婶娘"。

6

圆圆一一扫过四个轿夫和几位持剑提刀的护卫,朝他们淡淡一笑。所有的壮士都朝她露出谦恭和好奇的神情。他们并不知晓她就是天下人都风闻的陈圆圆,但他们都明白她是贵州提督李本深的亲戚,一位身份高贵的婶娘。

圆圆在他们面前,这些天来扮演的都是"婶娘"的角色。

原来此地并非山路边的一个平地，而是一处林中空地，空气虽清寒阴冷，却也让人觉得清新。林间有柏枝青松，几株松树枝丫虬曲，都有些年成了吧。

圆圆呼吸着林间的新鲜空气，蓝玉敏紧随在她身旁，寸步不离，关切地问：

"婶娘，你颠累了吧？"

"只是受点惊，一颠，反倒来精神了。"她一指林子外面，很想晓得止步不前的原因，"前面出了啥子事？"

一个身材健硕长相敦厚的小伙飞奔进林子，脚步踏得震天响，来到跟前道：

"让我吴世农前来告知，一伙光天化日之下抢人的强盗，已被我杀三人。其余喽啰，悉数四下逃散。赶紧上路吧，怕天黑下来，又有变数。"

圆圆细细端详这小伙一眼，点了点头，碎步走近轿旁。林子外的天色，正在晦暗下来。湿而寒冽的雾气，正在飞絮般弥漫。雾气之中，似有一股浓烈的血腥味掺杂其间。

圆圆上了轿，又继续行路。危险还没完全解除，轿子仍颠得很凶，只是沉稳了些，不像刚才那么慌张。

前方都有大军护卫,迢迢路途之中,竟有剪径抢劫之人。天下何时才有太平之日啊。强盗要杀人行劫,护卫的将士奋起反击,强盗哪里晓得,这些忠勇的将士,都是身经百战厮杀过来的,一般打家劫舍的强盗根本不是他们对手。如若一些匆匆赶路的客,遇上这帮盗匪,那么抛尸山野的,不就是这些无辜的普通商客、百姓了吗?

康熙要在京城称帝,吴三桂要在昆明城称雄。一个要雄霸西南,一个要一统中华,两雄相争,必然是血流成河,最后终有一方败北。成者为王败者寇,千百年来的历史早已证明,胜利者是不会让你成寇而安于一隅的,为王为帝的一方,是要将你失败的一方赶尽杀绝、千刀万剐、株连九族、子子孙孙都不得有翻身之日的。吴三桂对待李自成是这样,对待永历帝是这样。年轻气盛的康熙帝,还能不照此办理?

圆圆既已预感到她曾经深爱的吴三桂有此结局,但她阻止不了吴三桂一意孤行的帝王梦,她只能凭一个女子的余生,来为她曾寄托终身的吴三桂留下一支血脉,留下根根出一点力了。

这话说出口容易，做起来难啊！瞧瞧，光是寻一个栖息地，心中虽有个大约去处，赶这些路，就要历经多少艰难啊。李清照在《浣溪沙》中道：

楼上晴天碧四垂，
楼前芳草接天涯。
劝君莫上最高梯。

哪一个人听得进她的劝啊。

就是不愿忍让，不愿退一步。都要称雄，都要称霸，号令天下，天下还会有太平吗？你要号令天下，他要号令天下，百姓就没有太平时日过了。

圆圆在声色甲天下的盛年，都不能阻止得了吴三桂去搜寻"四面观音""八面观音""莲儿"和云贵特有的各族美女进怡园纵乐，终日里管弦杂奏、艳曲不绝。婉言相劝，他只以此莺歌燕舞之表象为蒙蔽京城里的少年天子为由，照样混迹于环姬佳丽之间，美酒佳肴，媚言淫语，乐此不疲。

到了现今已人老珠黄,圆圆哪里还规劝得了吴三桂的勃勃雄心、举旗反清之举。参透世事人情,圆圆始终怀着"无可奈何花落去"的悲凉心情,自居尼庵佛堂,或在清净的梳妆台自居其中,试图淡然度人生之晚年。

吴三桂举旗反清,大军号炮开拔,圆圆诵经参禅以度晚年的心境已无,夜半三更忽然醒来,总有一种大祸临头的骇人预兆。她已无安定日子可度,平日里疏闲的雍容上增添了几分憔悴和焦虑,以至被为她留影的画师捕捉,那一帖留在昆明的线刻像上,虽高鬟宫妆,不失至尊安详,却已显疲惫之色,和人们心目中芳名远播、秀丽雅致的面容相去甚远。

这是正远离昆明的圆圆至今想起仍甚觉憾愧于心的一件事儿。

虽说已入晚境,谁又不想给世人留下最为美好的记忆哩。

轿帘微晃,轿子轻颠,山路又走得有规律起来。只是轿子里面,光线已十分晦淡,这山间的崎岖道,何时走到头呢?

五、圆圆幽魂

1

自从圆圆皈依佛门,独处梳妆台,近年来更是踪影难寻以来,吴三桂和圆圆的夫妻生活早已停止了。

再是声色甲天下的盛名,年届五十的女人,终究在步向色衰年迈的门槛。无论神情、容貌、瞳色、步态都不能和年轻貌美的女子相比。

况且吴三桂平西王府中从来就不缺美艳的女子。从十六七岁的妙龄女郎,到二三十岁的如云佳丽,甚而三十出头情欲骚动的女人,平西王府中应有尽有。吴三桂能从她们身上获得滋味不同的享受,温柔的、激烈的、狂放的、无拘无束的、不知满足的,无论是像四面观音般热烈得让他心满意足的,还是像八面观音般妩媚妖娆得令他心生怜悯和无尽愉悦的,或是像莲儿一样能尽猜他的心意体贴他的,事后吴三桂仍然还是有一种不舒爽感。哪怕是清皇室赏赐给他的那些人高马大的满妇,到了床榻之上也尽显她们的丰硕饱满,极尽温存地讨好于他,他还是有股强烈的不知足的欲望。

他要什么呢?

他希冀啥呢?

独自痴坐时他也常常扪心自问,答案似乎还是一片茫然。

身旁所有的女人他都能招之即来、挥之即去。他一度以为深爱的圆圆也是这样。她离他远去了,他也不再珍惜她了,他有的是女人陪侍在身旁。可他怎么仍会时常想起她来呢?莫非是她离他而去时留下的话,难道是她的直觉像一阵挥之不去的阴影般笼罩着他。

他不是不相信她的预言嘛!他不是坚信,到他成功之日,只消一招手,圆圆还会乖乖地回到他身旁来的嘛。

他答应了她提出的远避夜郎,保住吴氏根根的做法,不过是让她在离开他之后,有点儿事情做做而已。举旗反清初期,吴三桂的大军以破竹之势,接二连三地攻下湖南、四川,直击江西、陕西、两广。来年春天,耿精忠起兵响应,又过一年,尚之信跟着反了。"三藩"先后联手动起来,他康熙的清廷举朝震颤啊。哈哈!

哈哈哈!

吴三桂时常仰天大笑,笑毕,他会在心头说一句:"圆圆,你随时准备着回到我身边来吧。"

康熙皇帝手忙脚乱地调兵遣将时,吴三桂给他摆出了"裂土罢兵"的要求。那就是你在京城里当你的皇帝,我在这儿当我的皇帝。吴三桂这是在给康熙面子啊!自然,他这也是为自己考虑,他已六十几岁了,不可能无休止地连年征战下去,趁这大好时机,先坐上中国南边的宝座再说。毕竟,尚之信、耿精忠同样是藩王,王辅臣、孙延龄都是拥兵自重的大将,他还得在他们之前抢先坐上头把交椅啊。哪晓得才三十出头的康熙竟然拒绝了他的要求,非要打。

年轻气盛的康熙还真有办法,吴三桂四个同舟共济的女婿郭壮图、夏国相、胡国柱、卫扑,一个个文武兼备,都是他的心腹要员,再加上那几个军中猛将,马宝、王屏藩、王辅臣、李本深,哪一个都非等闲之辈,硬是抵挡不住康熙派出的东西两翼侧击的大军,陕西丢了,随之江西也靠不住了,耿精忠又投降了清朝。

这年头,哪里有什么信誉可言。

连连失利之际,吴三桂又想起了圆圆,这旷世奇女子,这让人忘怀不下的女子,难道她真有未卜先知的直觉?

2

康熙初登基时,吴三桂没把这满族皇室的毛头小孩放在眼里。你来我往地交手多番,他再不能小觑这个长住昭仁殿,天天清晨四时即起的对手。瞧瞧,反清以来,他当即下令停撤平南王尚可喜和靖南王耿精忠两藩,果然,出尔反尔的耿精忠又归附了清廷。两军对阵,他首先派出的,是遭吴三桂当面羞辱过的四川、湖广总督蔡毓荣,总统诸路绿旗兵和吴三桂交锋,且不说蔡毓荣卓有韬略、久经战阵,对于清廷著有勋劳,声望足济。单选定他这个角色,就足以放心,他不会临阵归附吴三桂。

康熙身边有高人,这年轻皇帝有决断,反清之初,吴三桂自觉豪气未衰,历来上阵所向无敌,更认定了大汉百族人心既归,一举可定天下。哪知几番厮杀大战,全然不是那么回事。连连闻知失利、败走、固守、相拒的消息,吴三桂不由自主想起陈圆圆的直觉和临别之言。

这个曾被杀戮、鲜血、硝烟、刀光剑影裹挟过的乱世中挣扎出来的女人,这个和他吴三桂的命运撕扯不开、刀斩不断的女人,对他所言,是有先见之明的呀!

吴三桂又想起了把永历帝骗擒回云南时,圆圆曾委婉劝说他的拥明自重的话,然而吴三桂不想放弃到手的平西王的王位,以他的刚毅决断,处死了永历皇帝父子。是呵,是在有过此事之后,圆圆变得心灰意冷的,是在箆子坡到了昆明老百姓嘴里变成了逼死坡之后,圆圆皈依佛门的。圆圆预感到她要随着"冲冠一怒为红颜"而遗臭万年了吧。其他的风尘女子可以只图享乐不管名声,他下令从"三吴"地区搜罗来的成百上千养在后宫里的美女可以不在乎节操,四面观音、八面观音、莲儿不过也只是一个个艳丽女子的符号罢了,她们不会在乎生前身后名,她们不过都是他的玩物。而从苏州梨园里出来的圆圆不同,她虽出生于常州武进奔牛镇的寒门,可她在梨园中,在钟嬢嬢的调教指点之下,懂诗词歌赋,懂得即便是像她这般女子,也会像班昭、薛涛、李师师一样进入历史。她不是崇敬才女李清照嘛,她不是把李清照写下的那些《如梦令》《浣溪沙》《菩萨蛮》《鹧鸪天》《点绛唇》一一谱了曲来边弹边唱嘛。即便是和她身份更为相近的李师师,她不是也对师师的忠贞交口称道嘛。

圆圆是有她的贞节观的,圆圆是有她对时局是非的判断的,圆圆是懂得她的美艳和声名都会被扯带进文人墨客们所写的野史、稗史、正史中去的。要不,她独处梳妆台时,怎么会那么喜欢李清照的那一句:

寂寞幽闺,坐对小园嫩绿。

她是在沉吟、扪心自忖、凝目思索呀!

在那些个清闲奏乐的日子里,吴三桂兴致来了,不也会让那一班美貌女子,边舞边唱,而他都会情不自禁吹起笛子,讨圆圆的欢心嘛。

现在这一切都像梦似的消逝了,甚至有股一去不复返的势头。时局在朝着圆圆含蓄地道出的不利于他的方向发展,战事日益不济,这是他心知肚明的。

可他吴三桂不甘心,也不相信哪!

3

南岳衡山之麓的岳庙中,养着一巨龟,龟背上有神奇的白点,民间纷传此龟卜卦灵异,凡大小事宜,百姓叩拜礼仪完毕,一卜其前程。回回灵验,几乎不曾失算过。

吴三桂胸怀大志,欲遂其愿,完成这平生最为巨大的志向,在衡州称帝。既能了却一生的伟业之愿,又能封赏追随他多年的文武百官,各得其所,更可以在此时此刻鼓舞斗志和士气,扭转不利的战局。自然,铸成此大业,也能让陈圆圆回到他的身旁,化解和抹去她因"冲冠一怒为红颜"而遗臭万年的心结。

吴三桂闻听岳庙龟卜灵验,心欲前往,看一看这世称灵异之物,能不能给他卜出一个和圆圆忧心的前程截然不同的结果。

哪晓得他跃跃欲试地刚一吐露心曲,就遭到女婿胡国柱的异议:

"芸芸众生所信所传,怎能信得。百姓是何等人?父王贵为人上之人,地位相差十万八千里之遥。"

另一个女婿夏国相赞同:"龟为何物?无论它龟卜吉或不吉,还得靠众将士在战场上奋勇杀敌,长驱北进,定得大事。父王不必为此耗费时日。"

吴三桂怎不知道龟不过是一无知之物,但他心中存有平定天下,一统江山,传世千年百年之愿,执意前往。

众将和诸大臣各怀心思陪同吴三桂前往。

岳庙由此大做法事,佛众们环列四周,三叩九拜毕,佛神像前,巨大的中国地图置于座前,大龟被捧来放在云南省中部的昆明区域位置。喻为吴三桂平西亲王从此地出发。

龟一落案,伸出龟头瞭望一番,四肢蠕动,就向贵州方向蠕蠕而行。龟背上的白点似会闪光。吴三桂大睁双眼,紧紧盯着龟的一举一动。

诸大臣和众将领也都面露喜色,敛神屏息地瞅着地图上的灵龟。没人指点它往何处爬去,它却不慌不忙地行至贵州省的版图上。

围观者中起了一阵欣欣然的骚动,人们交换着兴奋的眼神,脸上露出惊喜之色,仿佛在赞曰:"果然灵验。"

吴三桂抬起头来,环视了众人一眼,窃窃私语声迅疾地消失。所有人的目光盯着巨龟。

大龟没再在贵州多停留,脑壳一伸似要往北移向四川方向,走了几步,又折回湖南、湖北,只在湖北的边缘停留了片刻,旋即转向江西,继而一个大转身,又折返到湖南边界,往贵州方向蹒跚而行。

吴三桂气息喘得粗了。

众人的心提到了嗓子眼上。

回到贵州版图上来的大龟没有停顿,又往回走到云南方向来。直到整个身子爬回云南,它才像累了似的,趴在那里不动了。全场顿时寂静无声。

围观之人无不噤若寒蝉,良久良久。

不知哪个斗胆说了一句:"再试一盘。"

所有人的目光全都转向吴三桂。吴三桂不动声色地颔首。

于是再试,让那大龟重新出发。

一连试了三回,这被称之灵验至极的大龟往复行走,走来走去,还是和头一回相像。南不到两广全境,北不至湖北、陕西。

吴三桂脸上终于挂不住了,阴沉着脸,愤愤而归。

4

如若说大龟不过是小民百姓深信不疑的投卜之物,可以不信其灵异。吴三桂在衡州终于下决心登上皇帝宝座,了却他这平生最大之心愿时,正要坐上那把体现他九五至尊的龙椅,龙椅上却突兀地出现一只毛色乌光闪亮的黑犬,岂不让人大扫其兴。正当吴三桂健步率百官攀上南岳衡山之巅祭天时,只见红绫绸扎好的祭坛上,猪、牛、羊三牲置于坛中,那碗祭天御酒飘散着浓烈的香味。

吴三桂念毕祭天诏书,刚刚端起那碗御酒时,山巅之上忽然狂风大作,刮来阵阵沙尘,随着一声震天动地的落地雷轰然炸响,电闪雷鸣之中,暴雨哗然而至,把所有上山的大小官员、兵丁淋成了落汤鸡。好惨的场面!

难道不都预兆着他吴三桂的前景大告不妙?

是的,他当上了大周国皇帝,改了国号,封了张氏为皇后,封赏追随他多年的官员将士当了大官。可是,陈圆圆并没有回到他身旁来,甚至连她的音讯,她究竟隐匿到了哪个山旮旯里,吴三桂都不甚明了。他只知她在思州。

直到这个时候,吴三桂才意识到,当着他的面,陈圆圆不便把她直觉里感到的他的前景,如实告诉他。她已经看穿了他是想当皇帝的,她已经看到了他起兵反清之后会有今天的这种局面。如若说她当年所有的吉兆都一一应验的话,她相信她的直觉所感到的不祥之兆也是会灵验的。正因有此感觉,她才会提醒他要留一条后路,才要为留住吴氏根根做准备。她才会毅然决然地离他而去。要不,她一个手无缚鸡之力的美貌女子,为何要离他那么远而不见呢。山野茫茫,群山连绵啊!

吴三桂明了这一切的时候,已经看见了他的颓势。但是他不懊恼,他能不反吗,他能不走这一步吗？天底之下,只能有一个皇帝啊！在皇帝的威势面前,他解甲归田也好,他告老还乡也好,他撤藩之后俯首称臣也好,都不会有好下场的。只因为他曾横扫千军,只因为他曾拥有重兵啊！江山越坐越稳固,势头越来越旺的康熙皇帝,从他皇族的利益出发,从他延续爱新觉罗家族的大业出发,他也不会放过这位高权重的平西亲王。

　　吴三桂的存在本身,就是清王朝的威胁。正因如此,他才会让吴应熊作为人质扣在京城,他才会把撤藩之事时时挂在心头。能认清康熙真面貌的,唯有最终还是被他杀了的儿子吴应熊啊！

　　况且,身为堂堂七尺男儿,男子汉大丈夫,有财有势有重兵在手,谁不想当江山的主人,谁不想尝一尝坐龙椅当天子的滋味,况且替清朝打下半壁江山的,是他;让李自成不明不白消失的,也是他。

　　近些日子里吴三桂时常想起历史上的几个人物,他们不曾当上皇帝,却也等同于皇帝,他们的功业名声,不比你那些个平庸的皇帝差。他们同样青史留名,不管是盛名还是恶名,总而言之是在漫长的历史上留下了名字。人们称他们是枭雄。

一个是曹操,他是三国时代的风云人物,他杀人少了吗?

一个是自封"宇宙大将军"的侯景,南北朝时期的鲜卑化羯人,同样乱杀一气,在龙椅上坐了几天,当过一阵子小皇帝。

还有一个安禄山,晚唐公元755年造反,放肆地纵兵抢掠杀人,让大唐很快溃灭了。

他们算不上正经的皇帝,可都是改朝换代乱世中拱出来的人物,说他们是枭雄也好,奸雄也好,杀人如麻也好,他们是把名字写在了历史上。

他吴三桂不也是明末清初朝代更替中冲杀出来的人物嘛!

比起曹操,他当上了大周国的皇帝,终于坐上了龙椅。

比起侯景和安禄山,他过上了二十来年平西亲王荣

129

华富贵的日子。

而且他比他们三个幸运的是,他还有"声色甲天下"的陈圆圆。死去多时的吴伟业写下的那一首七十八句的《圆圆曲》,曾搅得他心神不宁,还派人欲以重金说服他收回此诗。如今看来,"冲冠一怒为红颜"如若流芳百世,那么,圆圆之倾国倾城的美貌,同样会万世流芳。而享有过圆圆红颜之欢的吴三桂,同样也会世世代代让人艳羡、让人评说。男人都盼望这样的福分啊!到那个时候,说不准是令人眼花缭乱的明末清初的乱世让人感兴趣,还是吴伟业的诗句引发后人的感慨了。圆圆和他吴三桂,会不会成为历史上的一曲绝唱呢?

5

事已至此,吴三桂心头升起一股百般无奈的情绪,是呀,人们说他仕明叛明,为一个美人失去了江山;人们说他联闯剿闯,为的是报"君父之仇";人们又会说他降清反清,最终露出的真面目还是为了坐上皇帝宝座。他是反复无常的,他是复杂多变的,他一大家子人被杀,他同样挥军杀人无数,那些个历史上的所谓"明主",所谓的"好皇帝",哪一个又真是好人呢?哪一个又不杀人呢?只不过他们杀了人、害死了人仍然要逼着那些史官把他们写成好人吧。

吴三桂硬要坐上皇帝之宝座,不也是为了这嘛。真正让大周统一了全国,还有人敢说他言而无信、光怪陆离、难以评说吗?

他是个人物那不用说了,他要当就当个在历史上响当当的人物。他必须得往前走,往前行。

难道他还有退路吗?

无路可退。

就如同李自成拒绝他要求送回陈圆圆以及太子的第五封书信送出之后,他只得打出"报君父仇"的旗号,乞请清兵入关,共同击败闯王。今日里,一旦祭起了反清大旗,立起了大周,前程就是再奇险盘曲,他仍得硬着头皮和康熙较量。

莫说拉开了阵势打起来以后了,就是在反清之前,在五华山平西亲王宫殿里纵情享乐、吹拉弹唱的日子里，吴三桂哪一天忘记了北京城里的康熙。说男人一天之中总有时辰想到女人，特别是心仪的女人，圆圆离他远去之后，不如说吴三桂没有一天不想到北京城里的康熙的。他有这种直觉，康熙同样也会天天想着他的。

这是中国大地上两个角逐的男人心力的较劲和较量。

吴三桂终于当上了大周皇帝，等于是下了和康熙不是你死就是我活的战书。为了坐上这朝思暮想的龙椅，吴三桂在滇的这些年，广纳谋士和武将，散尽千金招徕人才，昆明城内外传播着不少关于吴三桂宽容、大度、惜才惜勇士的逸事。族中兄弟吴耀恒，能开硬弓搭箭百发百中，撒腿跑起来，追得上奔马，且身材魁伟、貌极英俊，聪明机灵异于常人，吴三桂时常夸赞他，认为他是一等人才，必能担大任。吴耀恒染病而逝，吴三桂痛惜得茶饭不思。

他满心指望，多年来广纳网罗的这些文官武将，能随着他举兵反清，直捣京城，驱除清朝势力，谁知康熙钦令的绥远将军蔡毓荣,总统诸路绿旗兵步步为营,直向湖南长沙逼近。而长沙守军急报粮草已困,纵是命令云南快马加鞭催运粮草,也恐难及时运抵。而更为要命的是,他终究已是年纪过了花甲,精神日疲,时常感觉困顿,昆明十多年宽松享受的日子,虽也操练兵马,却因连年溺于美酒佳人,体质大不如当年。私底下,他曾向随军陪侍在身边的年轻妃子莲儿几度言及,早反晚反,一样是反。早料到康熙终归要撤藩,他悔不于十年之前起事矣。

正为战事失利焦虑,又有军报送到衡阳,吴军水师提督林兴珠已降清,大清的水师已克洞庭,吴三桂闻得这一危急消息,眼前晃过圆圆忧郁的脸,只觉两眼一瞎,大叫一声,当即晕倒。

在床榻上睁开眼,只见莲儿和众将领环列在旁,一双双关切焦虑的眼神都射在他的脸上。见他苏醒,众将有的嘘了一口气,有的轻声劝道:

“连连失利,不足挂齿。一个林兴珠,犹如大仓中少一粟,无关大局。”

另一人道:“起义之初,仅云南一省。想当时陛下奋臂一呼,应者如云。今湖南虽危,未必即刻失去;纵或失手,也还有云南、贵州、四川、陕西之半。不必过于灰心担忧。"

吴三桂以感激的目光扫视诸将领,示意他们暂时退下。

体贴备至的莲儿则对他的眼神心领神会,劝众将领走出,让他好好休息。

待莲儿回到床榻边,俯身垂泪道:"陛下宜宽心静养,医士调理后病势自退,不必多思多虑以劳神思。"

吴三桂叹息道:"此一时彼一时矣。人心大不如前,朕安得静心休息。想那林兴珠,待他如子弟一般,水师全权托付于他。他……他……人心……"

说着话,吴三桂眼角溢出泪光,泪光恍惚中,陈圆圆的脸又悠然出现在他面前,双唇微微嚅动,似在喃喃自语。

他长叹一声,一股无可奈何花落去的愁惨情绪,袭上心头。耳畔唯莲儿伤心至极的啜泣之声。

六、圆圆心迹

1

　　吴三桂在衡州称帝时恰逢风雨雷电大作,陈圆圆并没在他身旁。离开昆明之后,她诈称是李本深的亲眷,由卫兵护送去了贵阳,过雾山经雨城之后,进入了贵州山路比较好走的安顺、平坝一带,宿在平坝附近的天台山麓时,天色朗开了。侍女蓝玉敏不声不响地赶一个大早上了天台山,回来之后喜滋滋地告诉圆圆,当年在山巅上特为她建的浴室,仍然好端端地在那里呢!

　　引得圆圆的心也为之一动,在蓝玉敏的鼓动之下兴致勃勃地上了一次天台山。

　　让圆圆感慨万千的是,山巅上吴三桂曾居住过的古寺院落,因主体梁架粗壮高大,一点也没因风雨的剥蚀而有塌陷的迹象。一路攀登上去,仍能感到气势的宏伟,采当地山石堆砌的石壁山墙,照旧稳实牢靠,显示出易守难攻的特点。墙面盖着冬暖夏凉的岩板，顺着山势巧建的几十间亭台楼阁，迭次而上，一间间看去，层次分明，结构严谨，堪称构思奇巧，令人拍案叫绝。尤其是飘出崖沿的飞檐，荡于轻风烟霭之中，宛若鹫岭高骞，蜃楼飞架，蔚为大观，引得圆圆声声感叹能工巧匠的技艺。

走到山门跟前，陈圆圆驻足在石刻的一副对子面前，仰脸细望。她仿佛听到了吴三桂当年连声对这副门联赞好的语气："妙绝，妙绝！"

晨光里，这副对联还是那么清晰：

云化天出天然奇峰天生就
月照台前台中胜景台上观

"天台"二字，三次巧对在联中，不显累赘。

走进古寺望月台放眼远眺，只见四面群山环抱，林木葱茏，一座座蓊郁的山岭，如朝拜之姿，憨态可掬，美不胜收，让人顿有心旷神怡之感。

吴三桂曾站在望月台指点着远近山河，豪情万丈地对圆圆道:"收拾起云贵高原的万千河山,让它不输于江南的小桥流水。"

圆圆是深信她的这个男人有此能力的。山山岭岭之间,不时能见着绿树掩映之下的村寨,这儿那儿,飘散着袅袅的炊烟。

蓝玉敏凑近圆圆耳畔,悄声发问:"要不要找一下亲王的叔?"

一句话提醒了圆圆。那时候,吴三桂大军离开此地,朝着云南昆明浩浩荡荡开拔时,留下了一位年事已高的远房叔叔,驻守天台山。看得出,吴三桂对这天台山古寺也是情有独钟的。临别之际,他还给远房叔叔留下了三件宝物:清朝官服一套,象牙朝笏,还有一把重达二十四斤的大刀。真是踏青游春,倒是可以会一会这位远房叔叔的。可圆圆这会儿,完全没有这个心思。她只朝蓝玉敏摆了一下手,眼神也告知她,她们只是过路的香客,不要声张。

随熟门熟路的蓝玉敏去看了那间沐浴的小房间,圆圆心头不由涌起阵阵波澜。

环望四壁,一色的青石,磨得刷光,一溜平顺,石匠使用糯米浆催发草筋石灰,将其镶得严丝合缝,棱角分明。浴室虽小,住在天台山上沐浴时,却让她每天都能享受到那股难得的温馨酣畅。哪像这会儿,只顾着朝贵阳方向赶路,已经久没有享受到沐浴的舒心畅意了。

紧随在身侧的蓝玉敏似乎能洞察她的心思,近乎耳语般问:

"要不,就在云峰八寨找一处,住下来?"

圆圆望着蓝玉敏那张充满灵秀聪慧之气的脸,陡地想起,她就是这一带的贵州人。哦不,严格地来说,她祖上也不是土生土长的贵州人,而是和她陈圆圆一样,是下江人,是江南人。明朝开国年间,随三十万大军填北征南而来的。灭了元朝的残余势力后,朱元璋一道圣旨,蓝玉敏的祖上就随着那三十万大军及其以后"调北填南"的家属们,在安顺、平坝这一带定居下来,他们就地取材修筑的石头村寨,有一个特别的名称——"屯堡"。在昆明城梳妆台闲聊时,蓝玉敏细细地给圆圆讲起过。

2

在这里隐匿定居下来,玉敏等于是回归到了她熟悉的乡土上。遇着了难处,也真可以找着寨邻乡亲帮一点忙。但细一思量,亦容易走漏消息。特别是这一带属"黔之腹,滇之喉",是交通要道,军事要冲,一旦遇上危情,走也走不脱,藏也藏不住。

圆圆沉吟着对玉敏道:"不妥。"

"那我们要去哪里?"玉敏的目光里闪出忧虑之色,"前去贵阳,只不过百把里了。走慢一点,两天也到了。"

圆圆一个果断的手势:"不去贵阳。"

"婶娘,你的意思是……"蓝玉敏的语气透出惊愕之情。看来她也深信此行是要去投奔李本深的。

"绕过贵阳。"

"然后呢? 朝北? 朝南?"

圆圆的目光显出深思熟虑之情:"往东。"

"往东? 是哪个地方?"

"思州。"

"那么远啊!"

"你嫌远啦?"圆圆瞅她一眼,"那里的山势地形、气候风水,比你平坝这里,更接近江南哩!"

蓝玉敏睁大双眼,微张着嘴,无言以对。第一次听圆圆说出他们此行要去的目的地,况且语气那么肯定,一派胸有成竹的模样,玉敏晓得,圆圆定下那个要去的地方,不是一天两天的事了。

她一个圆圆的贴身侍女,一个女仆,尽管聪明伶俐,又怎猜得出陈圆圆的深谋远虑? 圆圆不是要避风头,要找一个躲开凶险命运的去处;圆圆也不是要寻觅一个过安闲日子的世外桃源颐养天年。

身为女人,吴三桂的女人,狂风扫落花般逃遁的女人,她活下去的唯一目的,就是照着她与生俱来的直觉提示出来的,已经给吴三桂明说了的,为他吴三桂留住根根倾尽余生之力。

这是她为他尽的情,这是她身为吴三桂的女人最后能尽的一份爱了。

吴三桂在衡州称帝,立国号大周,陈圆圆一点也不意外。在昆明城里当着平西亲王时,吴三桂喜欢笼络人心,结交壮士,赏赐身怀绝技抑或有一技之长的人,外人纷纷传言亲王尊重人才、礼贤下士,为朋友有情必报,有恩必赐,圆圆却看出他的一颗帝王般的宽厚之心。盐法道赵廷标好作诗自得,吴三桂让他为新落成的西寺金刚咏诗,这盐道官不知天高地厚,开口作了一首"金刚本是一团泥"传遍昆明城内外。陈圆圆听说后,询问吴三桂:"怎不揭穿他的讽喻之意?"

吴三桂大有深意地反问一句:"大庭广众之前,我作大智若愚之态大笑,不比让他下不来台为好?"

陈圆圆更认准了三桂的心胸。早在吴三桂追杀李自成至绛州,李自成放陈圆圆一条生路,而使得她和吴三桂在硝烟弥漫的战场上久别重逢时,喜得佳人回到身边的吴三桂,摆特大的排场迎候圆圆,相见以后,对陈圆圆一切的一切都细细询问,但是他从未问过陈圆圆是否被刘宗敏睡过,从未问过陈圆圆是如何侍奉李自成的,从未问过他一大家人都被李自成杀了,为什么唯独留下了她。

在同吴三桂重逢之前,陈圆圆对吴三桂可能问及的这三个疑点,想的是最多的,所考虑的措辞是最费心的,她时时刻刻、随时随地都绷紧了神经等待吴三桂来问她。

但吴三桂始终都没问过这几个问题。即便是他们在床榻之上,在尽情地纵乐喘息和放肆地蠕动过后,道着唯有二人世界才能倾诉的情话时,吴三桂都不曾问过。

直到很多很多年之后,陈圆圆才明白她的恐惧和忧虑纯属多余,吴三桂永远永远也不可能问这些问题。

3

圆圆似乎尽可安下心来。

她是何等聪慧之人,吴三桂的话语不触及她有无失节的敏感处,但作为深谙各式男人的圆圆,还是有感觉的。

久别重逢的卧榻床帏之上,他们相拥相抱享受着男女之间的原始欢乐时,他已不像原先那样柔情地抚摸她,顾及她的感受。他变得暴烈,变得贪婪,变得如在战场上一般粗野。往好处想,可以说他是一位将军,可以讲他在血腥的战火中浸淫得太久了,他已经不在乎柔情蜜意,不在乎温存体贴,不在乎哪怕丁点儿的小节了。可往深处一想,就不是那么回事了。不是吗?他有了八面观音,又纳四面观音,有了这两个妖艳女子,还要莲儿,还要人远赴江南去寻觅成百上千的青春少女、闺女村姑,只要看着漂亮可心,只要能让他萌动勃勃的欲望,他都要!他都想占有。

他这不是帝王之心是什么?

他哪里顾及圆圆作为女人的感受。

册封平西亲王时,张氏成了王妃。

圆圆谦让,自然是她有自知之明,她这一生不曾生育,她心甘情愿为妾,当如夫人。

反过来,吴三桂若执意要立圆圆为正室夫人,还能立不成?

此番在衡州称帝,圆圆已不在他身旁,消失在云贵高原的茫茫山野之中,他连她究竟隐身在哪个山旮旯里都不晓得,他仍封她为妃子。

在他心灵深处,在他的意识和世界里,她自始至终就是他的一个妃子、一个妾、一个如夫人。

而她,阅尽了人世间各式男人的一个美貌已失、衰弱无助的女人,只有吴三桂一个男人。说他是英雄也好,说他反复无常也好,说他叛明破闯反清也好,说他当上了大周国皇帝也好,他是她的男人!一个男人,审时度势的男人。

民间女子都言嫁鸡随鸡、嫁狗随狗,陈圆圆纵有天大本事,嫁给了吴三桂,只能是吴三桂的女人。

且不说还有吴梅村那一首流传甚广的诗,且不说官府要修正史,民间百姓要写野史、稗史,还有街谈巷议,口口相传。

吴梅村的《圆圆曲》一写,她就更成了吴三桂叛明的祸水,随着吴三桂的言而无信成为历史的罪人了。

只有她心底深处晓得,崇祯皇帝若能坐稳晚明江山,同样是要纳她为妃的。她从明朝末代皇帝瞅她的第一眼中就读出了那番意味。对于堂堂皇帝来说,纳一个妃子算啥子事?只是明王朝摇摇欲坠的世态惹得崇祯心烦意乱、恼怒至极,他才一挥手打发她回到田府去。

不是吗?田弘遇都老成气喘吁吁的狗模样了,还要来贪她便宜呢。

刘宗敏抢了她去,这个不得好死的将军倒是干脆,抢进府中就要霸占她,就要在她身上尽情发泄。

李自成不同,他终究是闯王,虽然只在京城里当了四十几天的皇帝,还是一个皇帝啊!他要斯文一些,陈圆圆从李自成对她说话的语气、李自成瞅着她的眼神、李自成自始至终对待她的态度,她同样深信,如若他在北京城里稳固地坐下去,当稳他的大顺皇帝,他总有一天也是要纳她为妃子的。这就是为什么李自成下令杀了吴三桂家中三十八口人,唯独留下陈圆圆的根本原因。大将谷大成上谏李自成杀陈圆圆,地位更为显赫的李岩劝李自成杀陈圆圆,道理明摆在那里,话也说得十分对,陈圆圆当时已经觉得小命不保了,才说出那一番她可以劝吴三桂归顺的话。

李自成没杀她,只因他也是男人。

而那时的圆圆,正是人生最美、最俏丽、最惹得世人怜爱的年龄啊。

4

说吴三桂不提及刘宗敏对陈圆圆的蹂躏,说吴三桂不问起李自成如何待她,陈圆圆心灵深处仍觉得吴三桂还是在乎的。在乎他们欺凌过圆圆,在乎他们染指过圆圆。要不,他不会那么穷尽一切力量追杀李自成,直追杀到这个号称闯王的大人物终于没了踪影。要不,他不会咬牙切齿地说要把活抓到手的刘宗敏一刀一刀凌迟处死,才解心头之恨。是清军的阿济格阻止了他,他这才大声下令在光天化日之下绞死了刘宗敏,让刘宗敏的尸首在风中晃荡个不停。

无毒不丈夫。这丈夫,是怀有野心的帝王啊!不是小民百姓、善良汉子啊。

像救过圆圆命的哥哥陈六安,他也是男人,他也看到投靠他家的圆圆是个美貌女子,反倒有一颗仁爱之心啊。

正是看透了这一点,如今在衡州称帝的吴三桂,一旦兵败落入康熙之手,还不是又将经历一次吴府三十八口族人遭李自成血洗的大劫。

岂止三十八口啊,历经这么多年,上上下下侍奉平西亲王府的吴氏家族远亲近邻,部将、大臣、亲信、仆人,足足有两千人之多啊。

5

吴三桂称帝的消息传来时,陈圆圆隐匿在龙鳌河畔龙鳌里村寨已有近五年的时间了。周围团转,护送她来思州的人马,已经建起了五个村寨,分别是杨重钧率领的杨氏家庭,在东面建起了杨家屋场;龙开春和他的龙家弟子修筑了南面的龙茅垱;石茂领头的石家族人,在西边建了石家垱;戴克楠那一队戴家护卫,则建起了一个叫戴家垱的村寨,守护着北面;通大路的西南要冲,罗本召领着罗家兄弟,筑起一个叫罗家垱的寨子。砌起的坝墙,都有一股易守难攻的气势。

除了杨家屋场,是遵从了杨氏族人的叫法,其他四个村寨,都称作垳,意思十分明白,是要起到一个抵挡外人的作用。

这么安排布局,直接的命令是暗中负责护送陈圆圆前来的马宝将军下达的。真正的授意人,则是圆圆。

马宝还好生疑惑,不由问道:"夫人难道也懂防御阵法?"

圆圆解释道:"哪里啊!我这只是依样画葫芦。"

"依样画……"马宝仍然不懂,她如此安营扎寨,俨然是懂一点军事的。

圆圆笑着道破谜底:"杀了刘宗敏,灭了大顺军。清廷下诏书令三桂统兵出镇锦州,三桂就是这么把他手下那些关宁兵布排在锦州、宁远、中右、中前、前屯的。说这样才万无一失。"

马宝这才恍然大悟。

但是,圆圆能把当年的部署记得如此清清楚楚,还是令马宝刮目相看,深为佩服。

五年中,龙鳌河畔风调雨顺,远离战火,随圆圆而来的这些年事渐高、厌于战事的护卫,刀枪入库,马放南山,随着春种秋收的农时节奏,将狮子山下大片平顺的生土,开垦出来成了熟土。他们中的石匠开挖地基,垒坝筑墙;他们中的木匠放树解板,立柱架梁;他们中的泥瓦匠砌砖铺地,将窑师烧制出的砖瓦砌上墙、盖上瓦。更多的没有一技之长的人们,原本就是懂得耕种的农民,他们也纷纷各逞其能,串换谷种,引水筑渠,犁田耕地,把适宜于在龙鳌里生长的庄稼一季一季栽种下去。在和周围团转寨邻乡亲的赶场交往之中,能言善辩的汉子在认识朋友的同时顺带也能推销自己,看到农户家中有待嫁的姑娘,就借着机会提出婚嫁的要求。他们本来就是跟着吴三桂南征北战见多识广的汉子,多年驻守昆明又能说得一口地道的云南话,云南话口音和贵州黔东南这边的乡音有共同之处,一来二去的,很容易沟通搭上关系,产生感情。

最为主要的是,他们颇具自信和实力。自信是言谈举止中显示出来的,彬彬有礼、落落大方;实力是在为人处世中低调地显示出来的,无论是购买种子、农具、牲口、犁铧一应日常生活和劳作需要的东西,他们都能拿出比赶场时的价格更多的银子付给本地的老乡。随队而来的猓猓兵①,和本乡本土的苗族语言相同,竟能通上话,更使双方都有一种亲切感,大有他乡遇知音之情。陈圆圆初来乍到,就让率队的将领传下话去,既然带着足够生存的银两,在涉及安家立业的生活、生产的开销上,千万不要斤斤计较,要同当地百姓称兄道弟攀亲戚交朋友,要取得他们的信任,要和他们结亲,要同他们打成一片,融为一体。凡谈成了亲事,婚庆礼仪一定要隆重热烈、大操大办,让四乡八寨的乡亲都晓得,这门亲结得值。一旦新婚夫妇生了娃娃,无论男女,都得照着当地风俗,染红了添子添孙的喜蛋十里八里地送出去,让本乡本土的姑娘们都愿意嫁给我们的汉子,让外来的汉子们尽快成为本地人,让本地人心甘情愿地认同这些在龙鳌里新村寨上出现的汉子。

虽是短短的五年时间,狮子山下的马家寨,逐渐建起一幢一幢民居,依山势坡度的弯曲,鳞次栉比,这里一幢那里一幢蜿蜒而散居筑成,乍看似无章法,一家一户挨着

---

① 猓猓兵——当时对苗族士兵的称呼。

院坝门口的小路走去,却又会发现院坝和院坝之间相互照应,连成一片,则是九宫八卦的布局。整个村寨,只有一个入口。进去之后乱走乱窜,难免要迷路。

以马家寨为中心,东面的杨家屋场,西面的石家垱,南面的龙茅垱,北面的戴家垱,立于西南要冲的罗家垱,几个寨子同样炊烟缭绕,绿荫婆娑,鸡犬之声相闻,呈现一派生气勃勃的农家生活画面。环绕着六个寨子的门前大坝上,一块块有大有小、高高低低、沟渠纵横、形状不一的农田,满栽着谷子、苞谷、油菜、豆豆。农家的门前屋后,园子里栽种着随季节变化的各种蔬菜。院坝侧面,一家一户的牛栏、马厩、猪圈、柴房,也都修了起来。窄窄的田埂上,时有扛着农具、挽着提篮、牵着牛羊的农家汉子和妇女走过。

即便有异乡客商走过这一片乡土,感觉到的也是遥远、安宁、幽静,和散落在山野里的偏僻村寨无甚两样。

6

陈圆圆要的就是这一份感觉,山好,水好,人也好。山水是天生成的,人好是凭诚心善意修来的。日食三餐之余,她给人的印象,一天到黑只做两件事。一是去天安寺、鳌山寺诵经拜佛,自净其意;二是走进离此地不远的大树林陈家寨认亲,她姓陈啊,大树林陈家既是一个大族,她一个无依无靠、年已半百的弱女子,当然得去认个亲以求得族人帮助啊!烧香拜佛时从香客那里晓得了大树林陈家人多势众,秉承古训,耕读传家,抱团共渡,她一个远方漂泊而来的孤身女子,自然得寻求归属啊!况且她慈眉善目,眉目秀美,举手投足都引得人愿意接近。尤其是身边的侍女蓝玉敏,说得一口字正腔润、道道地地的贵州话,开口闭口一声"婶娘",对她恭恭敬敬,很快博得了大树林陈氏大家族的认同。

在离开昆明这些年的日夜相处中,陈圆圆和蓝玉敏之间的关系愈加亲密,既似无话不谈的母女,又像相互依赖的大姐和小妹。在吴三桂称帝的消息从思州府传下来的那个夜晚,她俩之间,难得地有了一次彻夜长谈。

"封妃子,圆圆娘娘,你听说了没得,平西亲王在衡山上称帝行大礼,册封百官的同时,又封你为皇妃啰!"蓝玉敏轻手轻脚步入内室,站在圆圆侧后,声气虽低柔,却按捺不住兴奋地挑起话题,"那么晚了,你咋个还不上床安睡呢?"

这后一句话,是她进屋来的真正目的。晚饭之后,圆圆进入室内,面朝着瓷质白皙的观世音菩萨,焚香诵经,已足足好几个时辰,过了半夜,还痴坐在那里,纹丝儿不动,蓝玉敏着实有点儿焦虑了。

圆圆仍凝坐不起,肩膀微微一动,半侧过身子,嘘了一口气,淡然道:

"离开昆明,世人不都晓得,陈圆圆我不是已经离开人世了嘛!"

蓝玉敏一怔,这是她们行前,特意放出去的风声。连圆圆的归隐之地,都传出有好几处哩。不过……蓝玉敏倾身向前,道:"那都是对外人说的呀!大周皇帝心头是明白的,娘娘你还在人世间哩。封你为妃,证明他心头还念着你呢!"

圆圆凄然一笑。

蓝玉敏进一步说出自己的心思道:"我是说,娘娘,我们要不要去衡州找皇上?"

"为啥?"

"那还不是明白事。"蓝玉敏一双大眼波光闪烁,"住进皇宫里去啊!比起这荒郊野外的龙鳌里,那皇宫里的日子,总要好点哟!娘娘,你想想,五华山上那宫殿……"

圆圆已明了蓝玉敏的心思,手一抬,见玉敏后边的话吞下去了,她柔声发问:"你嫌龙鳌里的日子苦了?"

"苦倒不见得,跟着娘娘之前,在屯堡乡间,我过的也是小民百姓的生活,吃的是粗茶淡饭,"蓝玉敏说着,停顿了一下,"惯了的。"

"那时候你多大?"圆圆问。

"虚岁十六。"

"你不说我倒忘了,你坐下呀,玉敏,"陈圆圆手一指她身边的小板凳，"一晃眼，你随我生活，十好几年了，这会儿该三十出头了吧。"

"扳起手指细数，三十几了。"蓝玉敏在圆圆身旁坐下，不由感叹一声。

"看我这记性，"圆圆轻轻一拍自己的额头，"误你大事了，玉敏，你该找个人嫁（家）了。"

圆圆话说得很慢，故意把家和嫁的音讲含混了。

"哎唷，娘娘，你羞煞玉敏了，"蓝玉敏脸顿时涨得通红，双手捧住自己的脸蛋，道，"前些年随着娘娘皈依佛门，我的心也似静水一般，不想这个事。不想。"

"咋个不想？"圆圆的语气里带出了云南、贵州这方水土的口音，"入乡随俗，你这年龄是大了一点，要在村寨上，就被人称作大姑娘、老姑娘了。可你清心寡欲，一心向佛，样貌年轻着呐！走出去，哪个都不会说你过了三十岁。你给我透个心里话，结交的男人中，有没有心仪之人？"

蓝玉敏的脑壳摇得像拨浪鼓，连声道："没得没得，娘娘，快莫说了，再说下去，我的心都要跳出来了。"

"那正说明你有一颗芳心呀！"圆圆用过来人的语气

道,"是啰！晓得你是我的贴身侍女,就是明知道你貌美心善的人,也不敢造次表示啊！玉敏,你看,一路从昆明绕过贵阳,相伴着走到思州龙鳌里来的马前侍卫官吴世农,两千多里地,回回你传我的话时,我看他回回对你都毕恭毕敬,二话不说就答应'是'的,你看这位将军如何？"

"娘娘……"

"你照实回我的话。"圆圆正色道。

"他……"

"到了龙鳌里,他被派驻在哪里？"

"在罗家垱。"

"你要不反对,我来做这个媒。"

"娘娘,我不愿离开你。"

"那我就让吴世农搬来马家寨居住。成了家,你随时可以来我身旁。"

"娘娘,你真不想去衡州皇宫？"

"玉敏,称帝封妃,不是好事。"

"咋个会呢？从思州回来的人,都说赶场天好热闹,四乡八寨的人都在传,吴三桂当上皇帝了,云贵两省,和

挨边省份的人,都成了大周国的国民……娘娘,你、你的脸色……咋个这么难看啊？难道这……这不是好事?"蓝玉敏说着说着,语气愈来愈低,最后几句,就似哭泣出声一般。

油灯的光影里,圆圆的脸色显得晦暗而又沉郁,她摇了摇头说:"玉敏,我不会去衡州,在人们的心目中,我早已不在人世……"

"不……"

"称帝封赏百官,只是气数已尽的兆头。"

"怎么会呢?"蓝玉敏连连摇头。

"这是我的心告诉我的,从来不会错。"圆圆明白无误地说,"玉敏,你要看着吴世农顺眼,就嫁给他,过小民百姓的太平日子去吧。皇宫里的生活,平西亲王府的日子,一去不复返了,永远不复返了。"

蓝玉敏似被吓破了胆,哭丧着脸,泪水直流:"娘娘,圆圆娘娘,不会的,不会的！我要跟着你,不离开你,永远不离开。"

"憨姑娘,"圆圆又怜又爱地抓起蓝玉敏的手道,"出嫁之前,你愿跟着我,就跟着我吧。烧香拜佛的同时,我们还得询问好几个避祸的地方……"

蓝玉敏像被火烫了一般,轻轻惊叫一声:"避祸?"

她的双眼惊惧地瞪得老大。

圆圆缓缓地点了点头:"大祸即将临头了呀,玉敏。要不,我怎么会催着你嫁人?"

蓝玉敏茫然无助地瞅着圆圆,仍是不明白:"我们不是躲到这天高皇帝远的僻静地方来了嘛!娘娘,你看看,周围团转村寨上,都是猓猓人、彝人,山上的林子那么密,一棵棵的树,大得张开双臂都抱不过来,还避不过祸去?"

圆圆的脸微仰起来,油灯闪悠闪悠的光,把她眼角细细的皱纹都映了出来,她似笑似哭地对玉敏道:"从南到北,从东到西,华夏大地上,唐、宋、元、明、清,哪一个朝代,都只能有一个皇帝。哪一个皇帝容得下另外一个皇帝的存在啊……"

"大周国的疆域,大周国的兵力,不也很大很强盛吗?"玉敏不解道,"那些个大将猛将,那些一天也没停下来过的演练搏击,还有那些身经百战的将士……"

圆圆苦笑了一下,转言道:"在昆明时,你没听人们纷传:滇中有三好,吴三桂好为人主,士大夫好为人奴,胡国柱好为人师。"

"听到过,那是老百姓的顺口溜。"蓝玉敏道,"好些人都晓得。"

"这种话,传到北京城朝廷上去,传到大清皇帝耳朵里,他会舒服吗?"

"不舒服,就要打仗吗?"

"已经开打几年了,现在你都称帝了,那就非得打个你死我活,非得杀个一清二楚不可。逼死坡上吊的永历帝是这么回事,大周和大清的战争,也是这么回事。一旦败亡,败亡的那一方的下场……"

蓝玉敏浑身打了一个寒战,圆圆这一说,她再不明事理,也听懂听明白了。圆圆的心思,玉敏也已猜测到了一二,揣摩了个八九不离十。她仰起脸说:"圆圆娘娘,我跟着你,你走到哪里,我跟到哪里。"

陈圆圆在蓝玉敏的手背上摩挲了好一会儿。

七、三桂遗恨

1

号炮连天,兵马北上从昆明启程时,他应该带上平西亲王府中那张白章黑纹的东北虎皮的。有了这张虎皮,龙椅上断不会出现那只毛色乌光透亮的黑犬。自从见过那一幕,躺在病榻之上,只要一闭上眼,就会见着这只黑犬,不是在伸出舌头舔着身上的细毛,便是张牙舞爪,虎视眈眈地瞪着他,或是伸着长长的舌条,馋涎欲滴地做扑食状,令他厌恶至极。连身体尚觉健朗时,也不想往那张龙椅上一坐。虎皮如若铺上龙椅,那见虎就惧的黑犬,还敢放肆地登上去吗?

都说平西亲王府中有三件宝,除了得自宁远的虎皮,还有那一颗光焰如火的大红宝石,足有鹅蛋大小,镶在帽顶上,烛光之下闪闪放金光;太阳光耀之下,则红光可照射至好几丈远,令人望而生畏,望而生敬。

至于两块大理石屏风,更让人见之爱不释手。那块高达六尺的山水屏,峰峦上蓊郁的一片树林,恰似唐、宋、元三代大家的绢画,旷远的天际,幽深的山野,活泼泼的岭间溪水仿佛能让人闻着淙淙潺潺的流水之音。即便那一块略小一点的屏风,岭巅崖石上有一飞鹰,下端溪水边盘踞一虎,鹰眼惊疑地俯视猛虎,虎首昂起仰望着雄鹰,双向顾盼,使得画面栩栩如生。极为难得的是,两幅石屏,浑然天成,见过之人无不啧啧连声称奇,纷纷情不自禁道出一句:"世上罕见之物,国宝矣! 即便皇宫国库之中,也难觅如此稀奇之物。"

吴三桂甚感遗憾的是,祭天登基之日,真该有充足准备,在昆明城平西亲王府中伴着三件稀世珍宝一起举行,那样的话,龙椅上不会出现黑犬,登基日也不会遭那场雷电交作的风雨扫袭。那真是飞蛇远掠、狂龙乱舞啊!

现在,大礼已经举行,悔之已晚矣。

失悔的事对他吴三桂来说还少了吗? 坐失良机的事对他吴三桂来说还少了吗? 太多太多了!

他终究是一个叱咤风云的将军,一个武夫,容易血涌头脑感情用事,容易在多疑之后轻易相信承诺。

坐稳平西亲王的宝座之后,他相信了大清朝廷的许诺,让他永镇西南,甚至还能世袭平西亲王的爵位。他相信了平西亲王府的繁华昌盛已如帝居。当然,愿意这么相信,是他看出了他宠爱至极的陈圆圆安于这种享受的、平静中让人无忧无虑的生活。她不是称赞他勇敢威名神武不可一世嘛!她不是每次在怡园中歌毕总会含情脉脉地向他献酒嘛!他也陶醉于这样的纵乐和享受啊,而且乐此不疲。

他会不知不觉间忘了时间和岁月磨砺,他忘记了无论是当年的多尔衮,还是今日的康熙,都在利用他的悍勇无敌的同时,防备着他势力的扩张。

他一次一次地在矛盾和无奈中做出抉择,而他每做出一次艰难的抉择,都会被人骂作反复无常,背信弃义,不忠不孝,不仁不义,人格分裂,不可捉摸,狡诈多变,言而无信……他能对李自成忠吗?这造反的匹夫杀了多少人,屠了多少户,下起狠手来,就把他吴府中男女老少亲属杀得只剩陈圆圆一个。即使他刀下留了陈圆圆一条命,也是出于机谋,也是为了有朝一日享受她。他能对永历帝忠吗？圆圆劝他留永历父子的命尽管有一定道理,可留下腐朽的永历帝朝一干人的命,他的平西王爵位就将受到威胁。是啊,他懊悔杀永历父子杀得急了一点,留下他们也许可以算作筹码,只是康熙的旨意已达,拖也拖不久啊！他能对康熙忠吗？忠的结果就是儿子吴应熊的下场,愚忍下去只能让他堂堂吴三桂成为一条砧板上任人宰割的鱼儿。康熙本人,又有多少信义可言？他北上反清,也是无奈中的抉择啊！

在衡阳称帝,原指望封官许爵,鼓舞士气,在战场上摆开阵势,直捣北而去。初时似乎有效,李本深势如破竹攻下成都,令三桂高兴得应允日后像三国时的蜀国一般,在成都建立帝都,把经营多年的云南昆明视作稳固的大后方。遂而夏国相又得江西南昌,这么一来,大周国已有六省的局面。乘胜追击,应者更多,不是做不到直达北京的大局。

谁知胜利的大势头没有保持多久,他的身体连续噎嗝多日之后,心慌、目眩、耳鸣,浑身无力。尤其令其恼怒不已的,是说话不像往常那么流利了。心中所思,脑中所想,说出话来,却是另一层意思,让诸臣不知所云。夏国相败走醴陵,又弃江西,王辅臣出尔反尔降清,马宝丢失岳州,耳畔传来的都是失利、败北的坏消息,心中既忧且急,顿时上吐下泻,站立不稳。

军中医士急急忙忙慌慌张张赶来,诊治以后,明确告之:"诊治此症,唯一法,抛尽愁思,静心安养,再辅以药理,才能渐渐起效。"

随侍在身边的莲儿为让吴三桂宽心,尽早恢复健康,言及军情,一意拿取胜、势如破竹、大败清军的虚言相告,听得吴三桂睁大两眼,将信非信。吴三桂心知莲儿即使编排喜讯,也是听过医士之言的好心之举,不曾怪罪于她。

2

那一日,军帐之外将士们叽叽咕咕、喊喊喳喳说个不停,其中夹杂着莲儿的声音。吴三桂心中好奇又生疑,见莲儿回了内室床榻边来,不由相问,方才外头说得热烈,亦闻你的声音,说的是何事?

莲儿见他双眼透出关切之情,不敢相瞒,只得具实告之:"昆明城北门外的殷娘娘,皇上还记得吗?"

吴三桂颔首,轻声道:"殷家箐那卖菜的妇人。"

"皇上还记得她!"

"功夫了得,一奇女子矣。"

"她战死啦!"

"啊!"吴三桂大吃一惊,眼睛瞪得铜铃大,宽大的脸面也变了色,嘴巴张开,愕然至极,一时说不出话来。

"皇上受惊了,殷娘娘死得英勇壮烈。"莲儿宽慰吴三桂,见他听到殷娘娘死讯,历来喜怒不形于色的人竟然惊愕至此,莲儿惊骇得心怦怦直跳,连忙巧言相告,"军中都为之惋惜,众人纷传,消息传到昆明城,定将引得全城百姓议论不休。"

吴三桂长叹一声:"她遭何毒手?"

"非遭毒手,"莲儿细道,"军过沅水,殷娘娘深陷淤泥,还拔腿涉水,清军在岸上千百箭矢齐发,殷娘娘躲闪不及,如草靶子一般,身中密密簇簇箭矢而亡。"

吴三桂闻言翕眼,双目再次张开时,泪光闪烁,轻言细语道:

"此乃吾大周国女中豪杰矣。"

"皇上金口玉言,惜才之心令莲儿感动,但千万不要伤心过度。"莲儿悲恸地哽咽道,"皇上龙体欠安,莲儿亦犹如万箭穿心啊。"

吴三桂闻言伸出手来,拉住莲儿的手,不住地摩挲。自圆圆离开他远去,湮灭在大山的褶皱之中,唯有莲儿是他贴心的妃子了。

为宽吴三桂心,莲儿又道:"此殷娘娘,得皇上表彰之恩,英名定像皇上下令重铸的金殿一般,能在昆明城遍传。"

"此等英烈英武女子,"吴三桂一字一顿道,"英名该传至子孙后代。"

"那是一定会的,"莲儿双手紧抓住吴三桂宽大厚实的巴掌抚摩着道,"想这殷娘娘,出征之前和佴寿寿比武的逸事已传遍昆明城,口耳相传,老少妇孺皆知。此番又死得如此壮烈,还能不让人牵心吗?"

吴三桂释然,双眼不由自主翕下眼睑。莲儿见他疲累,将他的手轻放回床榻,披上被子,蹑手蹑脚退出内室。

吴三桂翕上双眼,心怦怦骤然剧跳,哪里睡得着。脑子里面不断掠过殷娘娘英武飒爽的身姿。流传在昆明城里关于殷娘娘的传闻,不住地涌上心头。

3

丽江纳西族壮士佴寿寿,外号佴千斤,身材魁伟健壮,勇不可当。八十斤重的铁棍,在他手中可耍得令人眼花缭乱,旋转不停。故在大理、丽江一带有佴千斤之大名。

吴三桂巡视至大理府,黎知府将他介绍给三桂,并在吴三桂面前当众表演。

大理府衙门前一对石狮,佴寿寿能从左搬到右,从右搬到左,来回三四次复归原位。

爱才的吴三桂喜不自胜,当场赐其勇士英名,将其携回平西亲王府,当一个府前护卫。

从此佴寿寿忠心耿耿,尽力尽责地履行着他的职责。那一日,佴寿寿巡视昆明大街小巷,市井小民见他英武逼人、力大千钧,无不面露钦羡之色,避之两侧,观他巡视的勃勃英姿。他更以有平西亲王吴三桂赐勇士之名而沾沾自喜,像往常一样招摇过市,一摇三摆,在街面上颇有不可一世之感。

正在这会儿,北门进来一位担菜的少妇,一路健步行来,哼唱着哄娃娃的歌谣:

       乡下人,

       上街来,

       来赶街,

       卖菜菜。

       挑萝卜,

       担菜薹,

       妈妈说,

       学勤快,

不要光会吃，

还要会种菜，

勤快娃娃人人爱。

童谣唱得谐趣而又欢乐，步伐迈得轻快而又有节奏，担着的竹菜篮子晃悠晃悠，一下晃悠着了迎面走来的佴千斤佴勇士。佴寿寿是府前侍卫官儿，衣角被菜篮挂住，随着歌谣声落，把衣衫"嘶啦"一下挂破了。

迎面走来的卖菜女子只顾边歌边行，不给他让路，佴寿寿已有几分不悦，衣裳被挂破，更使其火冒三丈，喝叫一声，跃到少妇跟前，抬手就是一个耳光打去。街上行人纷纷惊望。

少妇脑壳一偏让过，举手捋鬓一般在脸前一挡，佴寿寿只觉她那巴掌上发出一股猛力，猝不及防，跌倒在地。

少妇"哎呀"惊叫一声，轻轻放下菜篮担子，俯身致歉道：

"冲撞官人，对不住，对不住。"

双手伸过来扶佴寿寿。

174

这佴千斤虽然自视甚高,跌这一跤,顿知自己遇上高手,心中极为佩服,起身询问殷娘娘何方人士。

殷娘娘见这汉子不是恶人,据实答道:"小民住昆明城北门外,殷家箐人氏,人呼我为殷娘娘。"

佴千斤询问道:"能否上门请教殷娘娘?"

语气中既有佩服又有探摸其底细的意思。

殷娘娘慨然应诺,答道:"明日在院门前敬候。"

第二天,佴寿寿带着三五随从,出北门一路寻访到山清水秀、垂柳依依的殷家箐,入村寨打听殷娘娘家住在哪里。

寨路上玩耍的娃崽连声应着:"我带你们去,我带你们去。"

将佴千斤引到殷娘娘家院坝门前。

殷娘娘闻声出门,展臂指向门前平坝。佴千斤几人顺她手指的方向望去,只见坝子平地上,齐刷刷竖着两排露出地面七八寸的桩子。佴千斤知是殷娘娘要同他比武,问道:"有何见教?"

殷娘娘道:"请官人先选择一排用足扫去。"

俫千斤细问:"桩子入地多深?"

殷娘娘手指:"三尺。"

俫千斤已数得分明,每排十三根桩子,凭他平时练就的功力,一足顺势扫去,去其八九没啥问题。于是运气发力,举旋风足狠狠扫去,只听"噼啪"有声,十三根桩子,已扫落地面九根。还有四根稳稳地插在那里,纹丝儿未动。

殷娘娘施礼道:"寿寿千斤了得。"

俫千斤听她说出自己大名,知道殷娘娘已知他是何等人物,不免自得地一笑:"愿见殷娘娘功力。"

说话之间,殷娘娘腾空而起,身轻如燕。众人正愕然视之,殷娘娘在空中一个飞燕转身,轻轻落在地上。

众人定睛望去,十三根桩子齐齐地倒在地上。

一个随从跟着大叫一声:"你们看!"

俫千斤没打断的四根桩子,也一起倒了。

俫千斤佩服得当下向殷娘娘施礼:"殷娘娘受小弟一拜!"

当下作揖并深深地一鞠躬。

4

回到平西亲王府,佴寿寿将殷娘娘的功夫绘声绘色地给吴三桂报告。对凡有一技之长之人都收录门下的吴三桂,当然对殷娘娘的本事大加赞赏,当即令佴千斤送去赏金,并邀殷娘娘任亲王府卫队的教头。反清以后,殷娘娘归于吴应麒麾下,常有奋勇杀敌取胜的捷报传来。哪晓得,这么一个武艺高强超人的女中豪杰,竟遭清军乱箭暗算而亡。吴三桂深为惋惜。伤心过度时,神思恍惚,浑身精力若失,举手转脸都觉乏力,喉中哽噎堵得发痛,时有昏眩之状。

吴三桂有自知之明,举兵初时,身前战将纷纷请战,有言全力以赴,汇集所有兵力,渡过长江,直捣北京而去的;有言沿江而下,直取金陵,扼长江、淮河,绝南北通运,先占领南中国的;有言精兵似锋刃插进巴蜀,据关中,盘踞河南再图崛起的……吴三桂听后都觉得操之过急,还是执意以经营多年的滇黔为根据地,稳固后方,然后得湖南、湖北而过江。现在想来,还是因自己已过六旬,稳扎稳打的心理占了上风,反而给清廷得到了喘息的机会,才让他们有了足够时间调兵遣将,摆开三路大军的架势,朝着他大周压过来,造成眼下战局胶着,僵持不下之局面。早知如此,无论听从将领们举兵时哪一种进击方案,都不至于此矣。中华大地,这一片河山国土,无论山野还是平原,他率领以关宁铁骑为精锐的千军万马,杀过来打过去,不止一回了,从东北杀到西南,直至缅甸边境,哪一次不是连战连胜的,偏偏这一回,最关键最重要的战局……

整日里处于这样悔之莫及的心态,病体愈益难以痊愈。终究是年近七旬之人,古人云:人生七十古来稀。吴三桂深知得此上堵下泻、目眩心烦、说话困顿之重症,将不久于人世了。稍遇清醒时,便召集身边将领,一一叮嘱后事,无非三层意思:

其一,病体难愈,延误了初举兵时的几年光阴,悔之晚矣。

其二,本当亲率大军,扫荡中原,共得天下。现在此等大业,得靠众将领协力了。

其三,儿子吴应熊遭康熙所害,江山将传与应熊之儿吴世璠。万望众爱卿、诸将领扶助其坐稳大周江山。

听他托付之人,无不表示,三桂吉人天相,大病自会痊愈。真有不幸,必当肝脑涂地,不负大周皇帝陛下的谆谆教诲和临终遗言。

熬过炎热的盛夏,进入八月,吴三桂泻痢现象日盛,宫女每日要将他的内衣裤搬来一摞,隔一个时辰就换下一身。他则整日昏睡,嘴微张,眼紧闭,不思饮食。

急得莲儿日夜啜泣不停,求告医士。医士让灌汤药,可吴三桂吞咽不进,小心翼翼灌进嘴里的汤药,仍从嘴角淌了出来。

5

时已入八月中秋,风中带来点点凉爽的气息。

昏睡中的吴三桂忽然清醒过来,既喝进了汤药,又有饮食的欲望,脸上也泛出了红光。莲儿兴奋得连声呼唤:"大慈大悲观世音菩萨,大慈大悲观世音菩萨,菩萨保佑……"

瞅着她走来走去的身影,吴三桂脸上浮出了笑意,更令身旁随侍人员和宫女们惊奇的是,吴三桂还无声地喃喃而语:

"圆圆……"

他眼前晃过的宫女,他看见的莲儿,在他脑际晃过的,全是陈圆圆的形象,飘飘悠悠,闪闪烁烁。

唯大臣和将领闻讯,心中都感觉到这是大周皇帝吴三桂的回光返照。一俟吩咐,纷纷赶到吴三桂的病榻之前,问候请安,一探究竟。

果然,看到环列身前的一批将领,吴三桂炯炯有神的一双细眼,在长眉下透出威严而带感情的光芒,遂而那光芒中还透着泪点。他双手用力,想坐起身来和众将说话。可身不由己,四肢疲软乏力。郑蛟麟趋前两步俯身道:

"陛下勿劳圣体,倘有圣谕,臣等恭听照办。"

吴三桂一一扫视众人道:"朕不起已多日,年事渐高,病体缠身,今后恐不能与诸卿出军远征矣。荆州乃兵家必争之地,又为入川之地,不可不争。湖广是今后必进取之地。云南、贵州已经营多年,实为根据地。四川乃天府之国,地势险峻,易守难攻,又加土地肥沃,民富人众,万万不可轻易放弃。朕若别众卿而去,可暂勿发丧……"

听到这里,诸将领垂泪啜泣。

吴三桂忽气喘吁吁,双眼瞪直,手一动道:"大军严固门户,勿有差池。应麒儿……"

他清晰而响亮地唤了一声。

吴应麒直扑床榻跟前,大声应道:"父王,儿在此恭听。"

吴三桂凑近吴应麒耳畔,嘴唇翕动,低声嘀咕了几句。

吴应麒听了几句,浑身一震,颈项明显地仰直,显然吃了一惊。

吴三桂细细的双眼逼视着吴应麒。

吴应麒大梦初醒一般,连连叩首道:"儿当遵明训,儿遵命!"

遂而退离床榻跟前,垂手站在一侧。

这一幕,将所有环列在旁的人看得张口结舌、目瞪口呆。

谁也不曾听见吴三桂对吴应麒说了一些什么。

吴三桂再次睁大双眼,张望众卿,目光未及落到每一位将领脸上,他的眼里蒙上一层阴云,右手两指往起竖了一竖,竟费劲地抬了起来,道:

"朕已……不、不、不能多嘱。愿、愿……愿诸卿努力辅佐……宣、宣世璠……继位……圆圆……"

话未说完,抬起的食指在空中无力地晃了晃,点着自己的心窝,咽了气。

八、中秋无眠夜

1

中秋明月,在龙鳌里蛮荒山野之上,更显清冷。

尝过蓝玉敏送来的月饼,圆圆竟不知是何滋味。比起五华山平西亲王府中年年备下的火腿月饼、百果月饼、净素月饼,蓝玉敏为她专做的月饼,也已动足了脑筋,花尽了心思,想让圆圆得个口福。哪知圆圆食来味同嚼蜡,什么味儿也没尝出来。

她从来没像今夜这样,心中烦躁焦虑,坐卧不宁,口渴喝了水觉得堵得慌,诵经默念过前一句,即刻便忘。翕目眼前金星乱飞,睁眼似有黑影不时撞来。圆圆强迫自己进入禅房,沉思一个个禅理,仍然静不下心来。慈航普度,光照万里,佛教禅理临到了自己头上,怎么就不灵验了呢?

圆圆凭直觉感到,要有大事发生了。

什么大事呢？

未悟出道来，她的眼泪已在烛光中垂落下来。

敏感的心已告诉她，吴三桂命危矣。

时辰就在这一两天。

五个半月前，吴三桂在衡州称帝，诰命天下，封赏百官和诸将，张凤卿终于当上了皇后，她陈圆圆承蒙吴三桂不弃，尽管人不在他身旁，世间盛传她已失踪，竟也被封赏了一个妃子。陈圆圆晓得，吴三桂此举，不过是告诉她，她在他心目中，仍占据着一个重要的位置。要不，世人都在盛传她已不在人世，甚至坟茔都已修筑在昆明城外山坡之上，他为什么仍要封她为妃呢！

这不是在暗示，她陈圆圆仍然活在人世间某一处嘛。

天公不作美，称帝之日，狂风暴雨大作，使得大周皇帝的祭天大典草草收场。

圆圆年过半百，视力渐弱，只觉得晦暗昏蒙之日一天比一天浓重。即使是阳光明媚的日子，她放眼狮子山、猴子岭、天安寺、龙鳌里的田坝坡上，亦如阴天一般，不觉明朗舒爽。郁郁葱葱的群山，看去总像笼罩着一层纱雾。

本该摆兵布阵,从四川、从湖南攻逼永兴,和清军大战一场,扭转僵持的战局。谁知迟迟不见捷音传来,圆圆的心房莫名其妙地怦怦骤跳,她知大事不好。已传吴三桂染病多日有中风之症,必然病体有急转直下之势。看来,三桂殁日就在眼前了。

圆圆知自己的直觉应验了,不觉潸然泪下,端庄凝坐的观世音瓷质佛像在她的泪光中晃动,摇撼着她的五脏六腑似在翻滚绞动,痛彻心扉。

佛灯亮了一夜,拂晓时分,熄灭了。

圆圆趁着晓色,倚门枯坐眺望山野,前来问安的蓝玉敏望着圆圆,大惊失色:

"娘娘,一夜之间,你咋个似老了十岁?"

圆圆的嘴角露出一缕似哭的笑纹,纤指遥向湖南方向一点,道:

"玉敏,出大事了!"

蓝玉敏顺着陈圆圆手指的方向望去,山岭峡谷之间,横掠着一抹浓重的乌云,刹那间,那片乌云翻滚搅动,一阵晨雨朝着龙鳌里这边横扫过来。

蓝玉敏见此天象,惊骇得半张着嘴,转脸望着忧心忡忡的圆圆,一时竟说不出话来。

圆圆两片嘴唇微微一动,道出李清照的几句词来:"……从今又添,一段新愁。休休,这回去也……"

蓝玉敏只觉得伤悲之情笼罩着圆圆,不知她这不明不白地说的是啥。

2

圆圆在焦虑的等待中,等来了衡州信使带来的确讯,吴三桂已病死于衡州,时正逢八月中秋之后。清廷虽因军事情急,忽见对峙的马宝等将领拔营而去,感觉到衡州有大事发生,却猜不准发生了什么事情,也不敢轻举妄动。

圆圆问:"为何不见发丧?"

信使答:"乃遵皇上遗嘱,暂勿发丧。"

圆圆追问一句:"确定?"

信使肯定答曰:"正准备扶灵枢去昆明,紧锣密鼓赶购金棺矣。"

八月下旬,秋风渐起,龙鳌里阴雨连绵,驱走了炎热。圆圆戴一顶大大的斗笠,裹紧了蓑衣,在马家寨团转山野田坝的弯拐小路上巡寨不绝。她上狮子山,进狮子庵,去老屋场,钻搭茅洞,四处察看,八方巡视。跟着她逛的蓝玉敏摸不透她的葫芦里装的什么药,不知她想干啥,只以为她睡不好觉,是想借着走路活动腿脚。疑惑的是,活动筋骨该在天朗气清的日子,淫雨不绝的悲秋日,走起路来时时都得提防摔跤,泥泞沾鞋,还得穿戴雨具,多费事啊! 圆圆却浑然不顾这一切,雨小雨大视而不见,天天都要上坡。

由圆圆道破玉敏的心事,为她和吴世农做了媒,两个热热闹闹办了婚事,请来四乡八寨的好友邻居,还把圆圆在大树林陈家、吴家湾吴家认的寨邻乡亲们、老老少少一并请了来,照着"喜事饭甑开,亲朋八方来"的当地风俗,风风光光办了大喜事。婚后吴世农和玉敏挨圆圆的屋建了新房,照样日夜伴着圆圆,过着男耕女织的农家生活,安定而又祥和。

圆圆为玉敏配的嫁妆,有金有银有手镯,日子是过得富足而又无忧无虑。吴世农像当地农家一样春种秋收，侍弄庄稼，说穿了不过是做个农夫的样子，夫妇俩的主要任务，就是照料和侍候圆圆。

八月将尽的一个月朗星稀之夜，一艘经镇远过思州驶入龙鳌河的小船，驶进了龙鳌里的一个码头，船上跳下十几个敏捷健壮的汉子，悄无声息地抬起一具寿材，随着圆圆和蓝玉敏、吴世农的指点，一路往搭茅洞走去。路经黄土坡脚的小树林，抬着寿材的四个人和紧跟在旁的四个汉子调换，稍稍歇息了片刻，爬坡上坎，一路上坡直向搭茅洞而去。

直到十几个汉子在圆圆面前鞠躬告辞，消失在夜色之中，圆圆招呼吴世农和蓝玉敏回去，玉敏心头才恍然大悟，圆圆如此精心察看地形、不厌其烦地四处巡视，是在为她自己安排后事，搭茅洞处偏僻蛮荒，平时少有人走近，更无人走进那幽深的洞穴，圆圆托人购来棺木，安放在此，可谓万无一失。

事后蓝玉敏询问圆圆，那是不是她因没有子女，为自己准备的。①

圆圆只是凝眸望着她,目光中似有万千含意,一句话也没答。

玉敏也便不好往下探问。

3

直到十月,豆子收了,苞谷扳了,田坝里的谷米成熟了,秋天的山野呈现一派丰收景象,引得麻雀兴奋地成群结队扑过来飞过去地觅食吃,撒着欢儿。天色也朗开了,到了十月上旬小阳春天,消息从镇远、从思州府赶场回来的人们嘴里一个一个传来。

大周国发丧,吴三桂驾崩。

僭号改元洪化,来年(1679 年)正月开始为洪化元年。

吴三桂孙子,也就是已去世的吴应熊之子吴世璠继

---

① 贵州农家俚俗,有为自己终老备好棺木的习惯。

任大周国皇帝。

吴三桂的遗体由八具棺枢的形式从衡州抬出,大将军吴应麒、吴国贵率一万兵马护送棺枢浩浩荡荡朝昆明而去,在那里举行盛大入殓仪式。

八具棺枢由湖南进入贵州,由贵州进入云南,由八抬变为六抬;由云南一路行往昆明,由六抬变为四抬;到了昆明城外,便由四抬变为了二抬;抬进昆明城,只剩下了一抬金棺。

大殓那日,昆明万千民众官兵,看到的就是那一具金棺。人们纷传吴三桂就躺在金棺里。

湘、黔、滇三省百姓闻之,议论纷纷,说啥的都有。

大周皇帝大殓,自然不同于小民,八抬棺枢簇拥而殓,排场盛也。

三桂遗体,自然置于金棺之内,没听说那金棺防水、防腐、固若金汤嘛。

没有抬进昆明城的那七具棺枢,是沿途入殓了呢,还是另有讲究?

那金棺在大殓之后,埋于何处呢?

更让人惊愕得不能自圆其说的是,入殓吉日未到,千百人亲眼所见抬进昆明城的金棺,消失得无影无踪,遍寻不见,宫里宫外,城里城外无一丁点儿线索。

孙子吴世璠还没举行即位大典,祖父吴三桂的殓尸无一片形迹,已成了一个谜,传得纷纷扬扬……

圆圆听蓝玉敏一一把从赶场归来的寨邻乡亲那里风传的流言道来时,只是紧抿着嘴,一言不发。

引得玉敏百思不得其解:"娘娘,你是宫中人,你说这是咋个回事?"

圆圆轻言细语道:"我料定了是这样。"

"啊!"玉敏大为愕然,"你已然……"

圆圆接过话来,难得地拉过玉敏的手,在她已有些粗糙的手背上摩挲了几下道:"玉敏,我见你腹部隆起,有喜了吧?"

玉敏羞涩地侧过脸去,双颊顿时浮了红:"托娘娘的福。"

圆圆若有所思地仰起脸,眯缝起双眼,难得地露出欣慰的神情:"那也是吴氏子孙呀! 玉敏,娘娘祝福你。好好地过小民百姓粗茶淡饭的太平日子吧!"

"娘娘,娃娃出生长大,"玉敏乖巧地道,"我和世农,会让他像我们一样尊敬你、服侍你。"

"那我真是修到福分了。"圆圆嘴角露出笑纹,"只是,我的来日无多了。我看在眼里,世农为人正直,有一身武功,从不居功自傲,而天天下田劳作,耕读持家,那是正道啊。"

玉敏恭敬地道:"玉敏会一如既往,听命于你。娘娘尽管吩咐。"

"自古繁华易阒寂,人生风流皆有限。我已无求矣,"圆圆仰首叹道,"李师师如是,李清照也如是。她二人虽死得不明不白,青史上却留得英明。圆圆背负恶名久矣……"

玉敏打断她:"娘娘快别这么说。外面盛传你离世久矣,玉敏和下人们从未听到啥关于娘娘的流言秽语。"

圆圆双眼凝定般瞅着玉敏,停顿半晌,讷讷地吐出一句:"这正是我要的,我要的……"

九、吴应麒更名

1

父皇吴三桂临终之际的一句话,声气虽低,气息虽弱,对于儿子吴应麒来说,不啻是晴天霹雳。

以后的很多年里,这句话一直在吴应麒的耳畔回响。

随着回响的次数增多,随着时局的变化和发展,吴应麒逐渐认可了这句话,相信了这句话,以至到最后,身体力行地照着这句话去行事了。

父皇对他道:"父若不讳,一切后事,尽按你圆圆娘旨意去办。"

对于吴应麒来说,吴三桂既是父亲,又是皇帝,他的话无疑如圣旨一般,唯有遵旨照办,拱手领命。

直至此时,吴应麒才明了,起兵之时消失得无影无踪的义母陈圆圆母亲,并非像世人所传的那样离开人世。也不像人们绘声绘色所道圆圆一会儿安葬于莲花池旁边,一会儿又在归化寺里面,一会儿又传埋在商山寺侧面,一会儿说是在三圣庵后的瓦台一片山里,愈是传得多,愈是没人信。陈圆圆明明活着,这一点父皇是清楚的。吴应麒不明白的是,谣言传得那么盛,父皇为什么不在举兵初时连续传捷报的时候,让陈圆圆露一个面,在贵阳、成都、衡州或是随便什么地方露一个面,谣言不都不攻自破了嘛,这么简单的事为什么不做?而临到命悬一线了,反而告知他。

吴应麒对圆圆是尊崇的,九岁之前,他一直以吴三凤儿子的身份活着,连他自己都只知是吴三桂的侄儿。回归到吴府,才晓得了自己是父皇与亲母杨氏所生。只因张凤卿不待见他,他才被从小送到吴三凤家。回到父皇身旁,父皇仍不把这一真相诰命天下,直到身染重病,他才承认自己是他儿子,但也只告知了身边亲信。以至哥哥应熊被害,明明他可以继承皇位,文武百官们仍视长子长孙为正统,他也总是觉得自己在吴府中不受重用。对于待他不薄收他为义子的如夫人陈圆圆,吴应麒自小有一股亲近感,认为只有她在日常生活中是嘘寒问暖、关怀倍至的。也许因为圆圆本身不曾生育吧,她待吴应麒这个九岁才正式踏进吴三桂家门的儿子视如己出。让吴应麒在平时日常饮食起居的生活中听从圆圆的话,吴应麒一点儿也不会有疑义。可父皇的临终遗言,在他耳畔说的,明明是一切后事,均得听她的,吴应麒仍有自己的想法。

她聪明灵慧、善解人意这是吴府上下都公认的,可她懂军事吗?她带兵打过仗吗?她会布阵杀敌、巩固大周皇朝吗?

吴应麒疑虑重重。

可是时局的发展令他慢慢地开始开悟,领会到了父皇临终之言的深意。

用了充足的时间准备,十一月份,父皇入殓仪式之后,侄儿吴世璠的即位大典在五华山宫城隆重举行。

祭典仪式可谓轰轰烈烈,也煞有介事地由吴三桂女婿郭壮图主持,另一女婿胡国柱代为祭祀。尊已逝世的吴三桂为太祖高皇帝,在京城遭害的吴应熊为孝恭皇帝,吴三桂长孙吴世璠黄袍加身当上了洪化皇帝。只是热烈的气氛中一点没有欢庆气息。相反,参加仪式的文武百官情绪低落,不是若有所思,便是心不在焉,总有一股群龙无首之感。和吴三桂六年之前举兵之初那号炮轰鸣、众将士山呼海应之势不可同日而语。吴应麒也隐隐感觉这皇帝的宝座不好坐。

仪式即将完毕之时,天公又不作美了。按理,旱季里十一月份的昆明天气,该是天高云白,朗朗乾坤,忽然之间刮来阵阵阴风,把燃起的一支支巨烛悉数吹灭,实在晦气得很。

当新登基的皇帝吴世璠召集大臣们议事时,竟有大臣随便找个理由推托而不到的。足见洪化政权从一开始底气就不足。吴三桂在世时,众人议军情大事,有哪一个人托故不到的?

吴应麒从中明明看到了吴周大势已去的迹象。

2

对于他来说,1678 年父皇吴三桂病殁,1679 年亲儿子吴世琮在广西战场身负重伤、自杀而亡。随着康熙皇帝一道道督战圣旨的下达,清廷趁着吴三桂离世的时机,三路大军直指昆明而来,广西一路大军从南侧进击;四川一路大军突破汉中,占领成都、又夺保宁,从北面直击昆明;湖广一路大军截断了他吴应麒镇守岳州的粮源,连连丢失湖南的重镇岳州、长沙、衡州、常德,不是吴世璠、郭壮图赶来贵阳,清军就有长驱入滇的可能。

尽管获得一点喘息之机,受了伤的吴应麒带着吴世珺、吴世珵两个儿子,应陈圆圆信使传来的口讯,来到了龙鳌里察看一旦全线溃败,为吴氏后裔留一条后路,保住根根的避祸之地。败退出岳州城时,岳州百姓中盛传的民谣:"吴应麒、吴应麒,杀了你献康熙!"把他吓坏了,也吓清醒了。

他遭岳州百姓怨恨,是因为杀了已有投降清军之意、又在水战中失败的杜辉。而老百姓因岳州城已无粮,怕活活地饿死,才恨不得清军快点打来。

民心丧失至此,让吴应麒深深感到,侄儿当上皇帝的洪化朝廷,大势已去,朝不保夕,得赶紧寻找退路了。

来到龙鳌里,他这才恍然大悟地感觉到,父皇临终所说的"后事",不是他当时所理解的大殓和登基,而是指的整个大局。父皇显然预感到了,随着他的离世,吴周政权很快会显出颓势,得有一条后路。而到龙鳌里细看了之后,他惊讶地发现,陈圆圆对吴周朝廷的结局,早有预感。她在这里的五六年里,已悄然地扎下了个根基,为保住吴氏的根根,延续吴家的血脉,打下了基础。瞧啊,外面的战事打得如此激烈,龙鳌里这里却是一派安详的农家风光,放眼马家寨周边的杨家屋场、龙茅垱、石家垱、戴家垱、罗家垱,已经同附近团转的大树林、吴家湾融成一片,不是深知内情的人,根本看不出这是近年来新建的村寨。乍眼望去,这里的村民,仿佛就是世世代代栖息在龙鳌里田园间的老百姓。

吴应麒不由愈加佩服圆圆的深谋远虑,和为保住吴氏根根所做出的抉择。从她在昆明消隐,满世界传得纷纷扬扬开始,她已隐身到这里来,安排她直觉里感到的后事了。这是一个多么有远见、有预感、多么了不起的女子啊。让吴世珺、吴世珵隐匿在这里,显然是安全的、可靠的。

也是到了此时此刻,吴应麒才明白,父皇明知陈圆圆活着,为什么不让她出来现身辟谣,显然,父皇对于陈圆圆的选择,还是默许的。有了这种出自肺腑的认识,吴应麒重逢义母陈圆圆时,对她所提出的一切见解,都言听计从,一一照办了。

圆圆让他以一个久经战场的将军的目光,巡视龙鳌里五个新建村寨的布局,尤其是对今后将要长期定居的马家寨的格局,做出易守难攻的安排,他也竭尽自己所能以便于对付盗匪的阵势,提出了稍事调整的安排。

圆圆让他考虑到大兵压境遭受搜查的危急情况,按"狡兔三窟"的原则,对搭茅洞、天安寺、鳌山寺、黄土坡等地形,划出最佳的退却路线,他以战场上撤退的眼光,提出了自己的方案。他还主动道,回到战场上时,他会邀大将军马宝一同前来,把龙鳌里规划得更为万无一失。

圆圆又让他顺着吴周朝廷上下的猜疑,说他当叔叔的不满吴世璠继位皇帝,故意渲染他和吴世璠之间的矛盾,和世璠岳父郭壮图吵得不可开交。郭壮图诬他欲行篡位,杀掉吴世璠自己当皇帝。

吴应麒连忙申明:"世璠继位,乃父皇旨意,我无此逆想。"

圆圆淡淡一笑:"我明了你的心意。唯这样放言,郭壮图为操纵洪化朝廷,保住女婿世璠利益,杀死你父子才合情理。"

吴应麒辩道:"我和郭壮图在谋略上虽有不合,但也绝无……"

"我明白。"圆圆截住了他的话道,"应麒儿,你仍未看透时局啊!"

"娘娘的意为……"

"洪化朝廷,风雨摇撼中的楼阁啊!"圆圆哀叹着道,"唯让外人深信,你吴应麒父子已不在人世,放言斩尽杀绝吴门子弟的清廷才肯罢休啊!历史,早就这么证明了。"

吴应麒张口结舌,默然深吟,深以为然。他答应道:"我照办。"

"还有一事,你也要尽快定夺。"圆圆向他伸出纤细的食指。

"但听娘娘吩咐。"

"你的名字,无论是作为吴三桂的侄,还是吴三桂的儿,早已上了清廷的花名册。"陈圆圆缓缓地走在青石板小路上,转过身来,定睛望着吴应麒道,"大厦倾塌之日,吴应麒必是清廷着力追杀的对象。"

"娘娘之意如何改?"

"九岁之前,你在大伯吴三凤家,叫什么名字?"

"吴昌华。"

"号呢?"

"启华。"

"对啰!就叫吴启华。"

吴应麒望着满脸憔悴,鬓角已露花白的陈圆圆一脸的倦容,心中感慨,九岁时进入父亲吴三桂府第,一眼看到的如夫人陈圆圆,花容月貌,艳若天仙,那乌光闪闪的秀发,那凝脂般细腻的肤色,那清澄碧亮的双眼,那行若轻云的步伐,真把他一个九岁孩儿看得呆了,忽闪忽闪眨着眼睛,瞠目结舌连喊人都忘了。岁月催人啊,从锦衣玉食的平西亲王府沦落到这荒僻闭塞的龙鳌河畔,圆圆娘娘似已换了一个人。吴应麒收回思绪,望着青石路边野花丛中一对扑翅飞翔的蝴蝶,道:"娘娘既已考虑周全,把俩孙儿的名字,一并改了吧。"

圆圆点头,双目眯缝起来,望向龙鳌河谷方向,道:"世以同音字仕替,你觉如何?"

"好。那么珺和瑝呢?"

"珺,美玉。珺近君音,君子中的佼佼者,为龙首。吴世珺更名为吴仕龙,意下如何?"

"娘娘想得深远,儿赞同。"

"你是他们的父亲,你定夺。"

"儿一并听从娘娘。"

圆圆接着道:"瑝,也谓美玉。只是更大的美玉,美玉中的极品,光焰闪闪的美玉,杰出的美玉。故更名为吴仕杰,读来也朗朗上口,仕龙、仕杰。"

"娘娘想得太周到了,儿感激不尽。"吴应麒毕恭毕敬地朝年近六旬的陈圆圆鞠躬施礼。

陈圆圆长叹一声:"说啥子周到啊,这也是大难当头,利剑悬于头上,刃在颈间,不得已而为之吧。战局不利,你还得赶回去。走,走吧。"

206

十、红颜泪尽

1

吴应麒因为同侄儿吴世璠争大周皇位,被郭壮图手下大将線緘所杀,紧随其身旁的两个儿子吴世珺、吴世珵也一并被杀,地点是在云南曲靖。

吴应麒活该被杀,湖南尽失,眼看贵州也不保,他还要强令手下士兵营建楚王宫,部下众多将士早已怨声载道,不愿追随他。

吴应麒想夺取大周皇位,不是一日两日的事儿,他早就存有这野心。幸得郭壮图识破他的图谋,让手下大将線緘先下手为强,把他父子杀了。吴氏家族内讧不休哩。

……

添油加醋的消息,已经传到了龙鳌里偏远乡间。陈圆圆闻之,既不悲伤也不露会心一笑,她仅是大睁双眼,迟疑地把这些消息,一一梳理,随后目光瞅着将这一切传给她听的蓝玉敏，道出一声：

"劫数到了。"

让正在奶着自己婴儿的蓝玉敏捧着乳房，望定了陈圆圆，目光惊疑不定。她心中怎么也不能明白，几乎所有的消息都是由她说给圆圆听的，圆圆怎么就能晓得，劫难已经发生了呢？

兵败如山倒，郭壮图从思茅、西双版纳调来的大象正想冲击清军，迫使步步进逼的清朝军队见势败退，哪晓得聪明反被聪明误，那貌似庞然大物的南方象群，冲击之中看到火光、听到隆隆的炮声，惊骇得反而转身逃遁，于是象群反把吴周兵马踩踏致死，乱作一团，清军趁势掩杀而来。很快，十多万清军把一座孤城昆明团团围住。急得吴世璠连忙向藏域、缅甸求救也无用，得不到支援。

一个一个败亡的消息传来。

昆明城终被清军攻破，十六岁的洪化朝廷皇帝吴世璠自刎身亡。

宫中随死者上百人，有投井的，有上吊的，有服毒的，还有自刎的，宫监、宫女的尸体散落在后园林中，堆叠起来。

美丽妖艳的尤物四面观音被满族将领穆占贪其妖媚收归府中。

声名更为远播的八面观音为总统诸路绿旗兵的绥远将军蔡毓荣所得，也是如鱼得水。

自在辽东起就跟随吴三桂的将军王公亮，卖菜种菜之余喜欢练习武功，上得战场后奋勇杀敌，以勇猛著称，一路跟随到昆明，被吴三桂授为仁威将军。昆明城破时，跟他关系甚好的刘崑劝他认清大局、弃暗投明归降大清，王公亮凛然道：“三桂生前待我不薄，我岂能贪生怕死。”直打到城破之时，他跃上城楼，自焚而死。众将士亲眼看见，传为佳话。

听到这些消息的传来，圆圆只是无动于衷地坐着，久居昆明城，她晓得，品性温和而喜悠然自得的昆明人，闲来爱喝茶聊天，“冲壳子”①，自在散漫，随遇而安，从不走极端，尽管吴三桂经营云南一二十年，留下了“逼死坡”

---

① 冲壳子——也作“摆龙门阵”，有炫耀性吹嘘之意。

这类地名让人茶余饭后哀叹、遗憾、诅咒,可他做下的重修金殿、通商业、兴矿产,广增利源一系列的事情,同样深入到民间,妇孺皆知,高抬贵手的云南人,本性是善良的,说起他来,并不是一味地唾弃。官至清廷云贵总督的赵良栋,面对平西亲王府中无一降者、自刎而死的众多殉者都长叹,竟有如此多的人追随吴三桂父子,真是世态难测呀。

眼花缭乱的现实,颠来倒去的时局,在动荡的岁月中,英雄豪杰和才子佳人,哪一个不在激流勇进、趋利避害、随波逐流,他们在历史中的选择和表演,今生后世任人评判啰。

2

这是久雨初晴的一个晚秋的丽日,年过六旬的陈圆圆坐在一把竹靠椅上,眯缝着双眼眺望马家寨门前坝的景色。这里的山野和云贵高原大多数地方高耸险峻的山岭不同,更像是她故乡江浙一带的丘陵地貌。下意识中,

选中这个极似江南水乡的龙鳌里归隐栖息,冥冥中也许
正是她思念苏南的反映吧。逶迤的远山近岭郁郁葱葱,
那林中的树木,一棵棵竟都有大鼓般粗,三五个人合抱不
过来的,数不胜数。此时此刻,山野田畴之间,弥漫着一
股淡淡的氤氲之气,晚秋和煦的轻风中,送来稻米醉人的
清新香气。从大树林苗寨那边,隐隐传来流传千年的鼓
点"扻锣"《雄鸡拍翅》的声音,雄浑而有节奏。蓝玉敏的
婴儿吃饱了,已在她的怀里安然熟睡。这是一个女娃儿,
寨邻乡亲们说她的相貌既像吴世农,又像玉敏。总之是
汲取了父亲母亲相貌的优点,长大了定是个俏娃儿。

　　不知为什么,陈圆圆看到玉敏怀里脸庞粉嫩粉嫩的
小姑娘,就会浮想联翩。是呀,瞅这娃娃的脸,就能想象
她长大了是个美姑娘。但愿她长大起来,能在龙鳌里乡
间,安安稳稳地过一辈子。千万千万,不要……

　　一想起自己的身世,陈圆圆的思绪就会回到江南水
乡的常州武进,眼前就会模模糊糊地浮现出奔牛镇上的
青石板路,浮现出姑苏城内浓绿的垂柳和那栀子花、白兰
花的幽香……哦不,这幼小的娃娃,千万别有像她一样动

荡不宁的生涯。不要……

其实,普通的老百姓,北京城胡同里的百姓,塞外关东的百姓,江南水乡勤劳耕耘的百姓,昆明城里小得而安的百姓,还有这偏远的一到阴天就有些荒凉的龙鳌里的百姓,无论是汉族的,还是在辽东接触到的满族的,这龙鳌河两岸生活着的苗族的、侗族的、土家族的……他们所求无多,他们只期盼一份安然的男耕女织的生活,有饭吃、有衣穿、应付人一辈子会遇上的出生、成长、婚嫁、养育、暮年,应付不得不应付的生老病死,他们不要战争,不要刀光剑影,不要阴谋杀戮,不要趁火打劫,不要……

有捵谷声"砰咚砰咚"地从田坝上传来,伴着这捵谷的声音,田埂上一个年轻汉子唱着悠悠的山歌:

> 扁担弯来扁担长,
> 扁担挑谷去赶场。
> 只有场上卖谷米,
> 只有远方好姑娘。

"娘娘,你听说没得,"蓝玉敏把坐着的板凳往陈圆圆面前抽了一把,压低了嗓门道,"莲儿的结局。"

陈圆圆正入神地倾听那年轻汉子有滋有味的山歌,见玉敏和她说话,不由把脸转过来,望着玉敏比原先丰腴了一些的脸。嘴里哼了一声:"嗯。"

关于莲儿,她还没听说。

蓝玉敏见圆圆想听,更往前凑了一下说:"就是那个感慨宫监、宫女们随世璠自刎的清朝勇略将军,见了莲儿,也想像穆占收撅歌的四面观音、蔡毓荣得八面观音一般,将莲儿纳为他赵良栋府中小妾……"

圆圆道:"莲儿有此归宿?"

蓝玉敏连连摇头:"没想到莲儿在这事上有主见、性子烈,只称自己是吴三桂宠妾,决然不从。"

"噢。"

"那赵良栋称她有闭月羞花之貌,更难得竟有几分武艺,让下人好生待她。"玉敏把道听途说传到她耳里的流言,一股脑儿说给圆圆听,"只是莲儿闭紧双眼,水米不沾,硬是在赵府中活活饿毙。唉……消息从赵府幕僚们嘴里传出来,也引得人议论纷纷。"

陈圆圆叹息一声:"难得莲儿竟如此刚烈,对主子忠心不二。"

"和四面观音、八面观音相比,莲儿矢志不移,令人钦佩不已。"玉敏惋惜道,"可怜她那么年轻。怪不得连赵良栋都说,既爱其貌,更爱其才。令下人为莲儿厚葬,称其为贞姬。"

"四面本为歌伎,八面原为舞伎,都是西昌李宗睿的玩物。李宗睿去世,归为三桂,"陈圆圆道出她俩底细,"而今又分归满人穆占和被三桂当面羞辱过的蔡毓荣,对她俩来说,不过是换个主子而已,怎能与智勇双全、自有气节的莲儿相比。你知她二人久矣,晓得她俩的姓名否?"

蓝玉敏思吟着摇头:"浑然不知。"

"那就是了,"陈圆圆道,"以四面、八面称呼她们,也算是自尊自信的昆明人对她二人相貌的宽容罢了。俗话道,忠臣不以兴亡变心,烈女不以盛衰改节。想那莲儿,必是牢记这话,才如此清才劲节。"

216

蓝玉敏连连应是,深以为然,感慨万千地对圆圆道出一句:"和她们相比,娘娘,你才是一个真正深明大义的人。"

圆圆朝蓝玉敏摆手:"朝代更迭,世事难测,风云变幻,政权交锋之中,女人的命薄如烟、如花、如冰,就算是避得再远,都难过诽谤这一关哩!"

说到这里,两颗清泪,溢出圆圆的眼眶,顺着眼角隐隐的细纹,流淌而下。

"娘娘!"蓝玉敏愕然唤出声来。

陈圆圆拭去泪水道:"不是吗,亡汉,怪罪于飞燕,亡唐,怪罪于贵妃。明亡,早有人写出诗文……"

"娘娘,不要说了。"蓝玉敏截住了圆圆的话,道,"美人在世,人人欲图之。美人离世,人人都饶舌。只有我晓得,娘娘你是活出了气象的女子。"

3

一阵脚步声响起,圆圆仰脸望去,吴应麒快步走进

院坝:

"娘娘,大事不好!得尽快避一下。"

陈圆圆却端坐不动,蓝玉敏连忙扯过一条板凳,请吴应麒入座。

"启华,"圆圆指一下板凳,"你坐下,慢慢道来。"

已更名吴启华的吴应麒坐在板凳上道:"已得到确信。昆明城破后,世璠、郭皇后和百多宫监、宫女已亡,世璠原配卢氏携儿子,在她哥哥卢元芳帮助之下,从后宰门逃出……"

陈圆圆抿了一下嘴问:"逃往何方?"

"那不得知,"吴启华摇头,"有消息说,往贵州这里来了。"

"郭壮图呢?"

"战事失利,也已自杀。康熙下了绝杀令,五华皇宫内外,吴氏家族亲信,杀了两千多。"吴启华绝望地道,"又令蔡毓荣、穆占、赵良栋、图海、王进宝、张勇等,让军士们在昆明城内外,遍寻线索,搜掘父皇和娘娘冢。一天之中连续挖掘十三处,挖出之后全剁成肉泥焚烧,得灰四处撒扬,凶恶至极。听言凡有可疑坟墓,都去翻挖来。"

蓝玉敏念念然道:"白费力气。"

吴启华思忖着道:"又下令说斩草除根,斩尽杀绝,不留后患。凡和吴府有牵连者,都得搜捕追查。听信他们诱降的,都没得到好下场。"

"马宝将军呢?"圆圆关心地问。

"同样死得好惨。"吴启华别过了脸,哽咽着道,"听说他被关在京城牢里,日夜都披着父皇当年赏赐给他的战袍。"

陈圆圆道:"他对吴门留在龙鳌里的族人,是有大恩大德的。马家寨的吴门弟子,要世世代代记得他。"

"时局险恶,我担忧满山铺开的清军搜捕到龙鳌里来,忖度着该避开锋芒,上山躲一躲。"吴启华道出了来意,"麻痹不得,娘娘,你说呢?"

蓝玉敏快言快语地道:"娘娘早有安排,我们收拾一下,旋即动身。"

说着,两人都目不转睛瞅着圆圆。

圆圆的手轻轻一抬,纤指摆动着道:"不要慌慌张张的,清查杀戮,都在意料之中。眼下关键的关键,是隐匿在龙鳌里远近五个村寨上的人,嘴巴要紧,万万不可走漏了风声。日出而作,日落而息的农家生活,仍得照常进行。时日悠长,冬去春来,夏雨秋风,日子还是一天一天地打发,躲进不见天日的洞子,能待几天?玉敏,你怀抱里的婴儿,受得了吗?"

说到这里,圆圆停顿片刻,双眼闪闪放光地望着吴启华和蓝玉敏,弯长的双眉耸动了一下,又道:

"你们看我这样子,不就是一个居家度日的农妇吗?"

吴启华和蓝玉敏不约而同瞪着圆圆,一身朴素的衣衫,花白的头发在轻风中飘拂,眼角边的皱纹堆叠在一起,慈祥地回望着他俩。

两人相互望了一眼,不由一笑。启华道:"明白了,我这就关照下去。不必兴师动众地往山上躲藏。"

蓝玉敏扑哧一声笑了:"还是娘娘沉得住气。"

圆圆淡淡地道:"我已经是死过一次的人了。"

220

十一、归隐山水

1

这是一个天气晴朗的早晨,难得不见雾岚,龙鳌河谷两岸的山出奇地青,清冷的空气里弥散着山野里的气息。

陈圆圆在床上坐起身子,推开了楼阁上的小木窗,一股清新的潮润气息从苍翠蓊郁的山林里涌来。圆圆深深地、贪婪地呼吸了一口新鲜空气,忍不住眯缝起两眼,眺望着窗户外的秀丽如画的田园景色,脸上现出神往之色。

楼板上响起脚步声,蓝玉敏端着一盆洗脸水,步上楼来。一见坐起身子的陈圆圆,她惊喜地扬起双眉:

"娘娘,你清醒过来了!哎呀,把人吓坏了,你这一次犯头疼病,昏睡了好几天哩。我正说来给你洗脸呢。来,洗一把脸。"

蓝玉敏绞起一把毛巾,微显兴奋地递过来,连忙又说:"我去给你备漱口水,一会儿吃点东西。你几天没好好吃东西了。吃点醪糟鸡蛋,可好?"

陈圆圆点头,把抹过脸的毛巾递还给蓝玉敏,轻轻道了声谢:"都可以,有吃的就行。"

"看呀,娘娘,"接过毛巾的时候蓝玉敏忍不住欢喜地叫出声来,"抹净了脸,你像返老还童一般,又似出水的芙蓉,美得让人想起你前些年的模样。"

陈圆圆淡淡一笑,自己心头明白,她整个身子是虚的,稍坐久些,就有一股眩晕的腾云驾雾之感,终究几天没吃东西了,始终迷迷糊糊、昏昏沉沉地在鬼门关前徘徊。现在这一阵,精神难得亢奋,必是回光返照。她不想让玉敏看出来,只是道:"吃点东西,你去喊启华、仕龙、仕杰前来。"

"要得、要得,我这就去。嗨,他们一见你今早晨这样子,不晓得该多高兴呢。"蓝玉敏一迭声答应着,端起用过的洗脸水盆,往楼梯口走去。脚步特别有劲儿。

"还有小松,也喊来。"

"好,小松都问几回了,咋个奶奶尽睡尽睡。我喊她也来见。"蓝玉敏头也没回地答应着。

小松大名吴大松,是吴世农和蓝玉敏成亲后生下的俏女娃儿,七八岁了。

醪糟鸡蛋是云贵乡间农家妇女坐月子天天必吃的一道补身子的汤,在龙鳌里的苗、侗、土家、仡佬和汉族间也是通行的俚俗。圆圆吃得津津有味。刚吃完,小松端着一杯参汤,恭恭敬敬送到床边:

"奶奶,你喝。"

小松穿一身农家娃崽的青布衫,素净清朗、眉清目秀,活脱脱一个小玉敏。看着她一天天长大,是陈圆圆晚年生活的一丝欣慰。她晓得,参汤是她病中随时备着的。陈圆圆品尝着清苦的参味,知晓这是上品,肯定是当年在马宝大军暗中护卫之下,隐匿龙鳌里时从平西亲王府中带出来的。圆圆道:

"小松,懂事之初,该发蒙了。"

显然,这话小松听不懂。她困惑地眨巴眨巴眼睛,转脸望着蓝玉敏。

蓝玉敏一挥手:"哎呀!女娃儿,不消读书识字,学点针线活、干点农活就成了。"

"不,妈,我要发蒙,我要发蒙,"这下小松听懂了,叫唤起来,"我要听奶奶的话。"

"对头,女娃娃要发蒙,"陈圆圆笑了,对蓝玉敏道,"我对你常说起的宋朝才女李清照,若是不读书识字,哪能写出'多情自是多沾惹'这类流传后人的佳句。"

蓝玉敏却是不顾:"娘娘,你又来了。我听你的,听你的。小松要有才女的命,那才好呢!"

2

说话间,吴启华带着两个儿子吴仕龙、吴仕杰踏着梯板,走上楼来。

父子三人,高大魁梧,肩宽体壮,脸庞丰润,双耳大而长,隆起的鼻梁骨笔直挺拔,眉毛长而粗,一双眼睛不大却细长,唯少鬓须,活脱脱是吴三桂壮年、青年时期的再现。

一见他父子仨,陈圆圆顿时双眸辉亮透出神光,额头发亮,双颊泛红,更显出当年的风姿秀雅之色。把站在一侧的蓝玉敏看得呆了,暗自称奇。

吴启华带头向娘娘请安。

遂而吴仕龙、吴仕杰跟着向奶奶请安。

圆圆让他们端过椅子坐下,指了一下洞开的木窗外头,道:"瞧这田园农家风光,已然有了江南水乡的气象。当年大军过这地方,我看见龙鳌河深川河谷,林木交映、湍流飞瀑,实在是个好地方啊!可惜的是芦草蔓生,沼泽积水,人烟稀朗。在昆明隐身佛院期间,听云游各方的佛众、香客讲起这里曾是古思州佛门圣地,我就想起了这里的优雅怡静。三桂起兵反清,我有不祥预感,跟他言及一旦败亡该为吴门留下根根,他亦应允,我就想起了这个地方。晃眼之际,从昆明远道来此,十六年啦……"

说到这里,圆圆不禁为世事的沧桑长叹了一声。

"事实证明,娘娘的直觉神奇应验,吴门才有我这一支幸存于人间。"吴启华深为感佩地道,"夜郎计划,得马宝将军鼎力相助,且忠诚不贰,被清廷抓进大牢,直至屠亡，也不吐露。这也是吴门不幸之中的大幸矣。"

圆圆的目光转过来，端详着吴三桂的这一支血脉，问："近些日子，消停下来了？"

"八年前，逃到滇西的胡国柱走投无路，自焚离世。一个远侄在清军追查之下，说父皇的尸骨已被焚化，骨灰匣藏于安福园桥下。清军果然在那里找出一骨灰匣，连同世璠首级送进京师之后，搜捕和追查逐渐放松下来，我们也得以喘一口气。"吴启华细细道来。

"松懈不得，"陈圆圆声气低弱，口齿十分清晰地道，"朝代更替、权锋恶斗的时代，置对手为肉泥，斩草除根，株连九族，毁尸灭迹的事情，司空见惯。康熙骂三桂万世罪魁，恨他恨得咬牙切齿、暴跳如雷，岂肯轻易收手？无论何时，隘门天险那里，得有暗哨盯着……"

"遵娘娘意，日夜都有人轮流守备。"带兵出身的吴启华连忙禀报，"白天常有人以放牛为名巡视，夜间窝棚里也总派人值哨。"

陈圆圆脸上露出欣慰的神情，却又在刹那间显出疲累之态，浑身乏力地倚躺在靠枕上，食指竖起点了一下吴

仕龙和吴仕杰,缓缓地道:

"自举兵反清,我离开平西王府,到此龙鳌里十五六年,我只做了这么一件事情:为吴门留下根根。这会儿气象初显,我不久于人世矣……"

一旁静听的蓝玉敏呜咽道:"不会的,娘娘,你吉人自有天相,正在好起来。"

小松见妈妈哭,跟着哭泣:"奶奶……"

陈圆圆长长地嘘出一口气:"我自知双脚踏上鬼门关的门槛,时日不多了。今天喊你们来,留、留下五句话。"

吴启华听她的语气忽高忽低、忽长忽短,知人之将死,其言更为重要,连忙俯下头道:"娘娘,儿洗耳恭听。"

陈圆圆点头,眼睛又睁大了,波光闪闪,神采四射:"我若走进鬼门关,埋葬何处你记得吗?"

"记得。"

"那好。年年正月,要在神龛上插上三朵桂花枝……"

"神榜上标明延陵堂,"吴启华截住她喘吁吁的话头,接着道,"以示父皇曾谓延陵将军,戎马一生,战功赫赫。"

陈圆圆的眼睑翕下来,嘴角显出一丝笑意,手又指着吴仕龙、吴仕杰兄弟道:"龙鳌里地方,姑娘少,喜欢当家理事的仕杰,尽快接亲,繁衍子孙。为防万一,仕龙得出家,遁入佛门……"

她停顿下来,两眼征询地望着吴仕龙。

吴启华转眼瞅了儿子一眼:"我已跟他言明……"

吴仕龙站起身朝着圆圆深鞠一躬:"奶奶放心,我会一心佛事,念经诵佛……"

陈圆圆长眉一展道:"这实乃无奈之举,为防不测。一旦仕杰遇到祸事,你得还俗回到马家寨,担起延续吴门香火的重任。"

吴仕龙又是一躬到底:"孙儿定听从奶奶嘱咐。"

陈圆圆点头,又叮咛道:"如若仕龙不再还俗,吴门所有子孙后代,要在各家各户的神龛上给他定上位,设斋碗、斋席,年年正月初一,为纪念他的功绩吃斋一天。"

吴启华望了望两弟兄:"牢记在心。"

陈圆圆的声音更显疲弱："对龙鳌里之外的地方，我们这里世世代代宣称马家寨。马宝将军对吴门有恩，其忠心不输于点火自焚从城楼跃下的王公亮仁威将军。"

吴启华答曰："不到时机成熟，吴门后裔弟子，绝不会公开隐姓埋名之实。即便到了公开之时，这里仍叫马家寨。"

"则我……"陈圆圆嘘出一口气，"心安矣。"

说着，眼皮蝉翼般颤动了几下，微微翕上了眼睑。

吴启华、吴仕龙、吴仕杰、蓝玉敏和小松，敛神屏息、心惊胆战地盯着她看了半晌。倒是不懂事的小松姑娘突然打破了沉默，惊骇地问道：

"妈，奶奶睡着了吗？"

阁楼上阒寂无声，静得有些怕人。小松不安地瞅瞅这个，又惶然地望望那个，嘴巴紧抿了两下，双肩一耸，无声地哭了起来，眼泪大颗大颗地顺着面颊淌下来。

蓝玉敏把手一挥，试图阻止女儿哭泣一般道："睡着了，娘娘睡着了。"

历经坎坷曲折的传奇女子陈圆圆，就此身没如烟，消失在龙鳌河畔的山山岭岭之间,和弥漫山野的雾岚为伴,和大地河山为伴,化为龙鳌里风光的一部分。

2005—2015 年早春

结 局

2014 年 4 月的《新华视界》(《新华每日电讯》)在网上公布了一条消息,经国家多位清史专家认定,三百多年来消失影踪、各地争论不休的陈圆圆、吴三桂的墓地,在贵州省黔东南州岑巩县水尾镇马家寨的狮子山上被发现。

　　春夏之交,我趁着去铜仁做讲座的机会,又一次走进了紧挨着铜仁的龙鳌里。说是紧挨着,车子还是要走两个多小时。值得一说的是,车子开出铜仁市区的时候,还是晴天丽日,太阳明晃晃地照耀着贵州东大门的山川河谷。可是刚刚驶进岑巩境内,平地刮起了一阵大风,把路两旁茂盛的树叶摇撼得哗哗作响。而当车子抵达龙鳌河畔的水尾镇时,一场大雨哗然而下,把远山近岭都笼罩在雨雾之中。直下到我们进入马家寨,雨还没有停。以至我们这一行人攀上狮子山的时候,不得不每人撑起一把伞。

我这样说,只是想告诉读者,尽管到了高铁、动车、高速公路发达的今天,龙鳌里的马家寨,还是偏僻的、不易抵达的。

为什么要强调这一点呢?

离县城直线距离三十四公里的龙鳌里马家寨,如果甩起双手步行走修筑的平平顺顺的大路,得七个小时。而在高速公路修通之前,乡村公路盘山绕坡要走六十一公里。要是在明末清初的三百多年前,弯弯拐拐崎岖不平的盘山路,更不知要走多少时辰。既不容易走进来,进来了之后,也很难走出去。且不说那时候的龙鳌里,几乎可以说是蛮荒之地、草深林密,粗壮得几个人抱不过来的大树遮天蔽日,沼泽地、芦苇林,还有凶兽出没。世居在此的是苗族、土家族、侗族等少数民族,真可以说山也遥远,羊肠小路更是十分遥远。

这么强调一下,是想说明:其一,当年陈圆圆隐居在此避祸,躲开凶险的追捕和搜查,是可能的,也是出人意料的。其二,陈圆圆决定归隐在这片山水之间,并把吴三桂的灵柩亦深埋在这块土地上,这才使得三百多年来人们遍寻他们而不见。其三,也是我这部小说主要想通过陈圆圆的命运告诉读者的。吴三桂举兵反清之时,陈圆圆一切活动的信息和记载都消失了,消失得无影无踪,留在人世间的,就是吴伟业的《圆圆曲》和陆次云的《圆圆传》。也就是说,都是吴三桂举兵反清之前写下的,故而反清之后世间所传说的一切关于陈圆圆随军出征,出没于湖南、贵州、云南的行踪,都无确凿的依据,带有想象和民间传说的成分。

在贵州的大山里生活了二十多年,我不仅深知在偏僻闭塞的村寨上度日如年的那份艰辛和困难,我更深知步上旅途的不易。在相信陈圆圆隐匿在龙鳌里马家寨的事实之后,我更愿意相信,一旦她在这块土地上扎下根基,她就融入了这片钟情的乡土,身没如烟地,归隐在茫茫苍苍、连绵无尽的山山岭岭之间。她不会走出龙鳌河谷,她也不可能走出这里。早在十二年前写作《陈圆圆归隐之谜》时,我就是这么认识的。今天我在创作《圆圆魂》时,还是这么认识,并且以小说的形式,大胆地做了虚构。

这是必须要加以说明的。

三百多年来,世上所有关于陈圆圆、吴三桂的文字,无不聚焦于甲申年(1644年)那风云急剧变幻的政权更迭。震天动地的骤变,翻腾咆哮的浪涛,摇撼激荡着中华大地上所有人的心,久久不得平静。在这么一个时代的大背景之上,一系列历史人物:崇祯皇帝、李自成、刘宗敏、多尔衮轮番登台,演绎着他们各自的角色。大浪退去,当吴三桂在昆明举兵反清,陈圆圆神秘地消失之后,除了传说、流言之外,关于她的下落的一切,都消失得无影无踪。有的只是一笔带过,或是以……代替,而民间充满想象的猜测,连带着唏嘘和叹息,却从来不曾停止过。

我的这部《圆圆魂》,就是从无人涉笔过的陈圆圆的消隐写起:她为什么要消隐? 她是怎么消隐的? 她人生的归属究竟在哪里?

但愿读者朋友们可以从圆圆的灵魂深处,读出一点人生的意味和真谛来。

【附录】

陈圆圆归隐之谜

事情的缘起

如果仅仅为了吸引人，我会把题目写成"陈圆圆死亡之谜"。但是，作为一代名女、绝代名妓，陈圆圆最终的归宿，不仅仅只是她的死亡。时至今日，她死在何处，她的坟墓在哪里，要么语焉不详，要么记载含糊，对于世人始终仍是一个谜。

事情得从 20 世纪 80 年代初期说起，那时候，我刚从插队落户十多年的乡间调进贵阳，住在黔灵山麓的石板坡。那里离省政府很近。有一天晚上，在省政府多年从事信访工作的老宋到我家来，兴冲冲地说要给我讲一件大事。

那个时候我已有一点名声，经常碰到一些受了冤屈的人找到省作家协会，向我申诉冤情。我仅仅只是一个作家，初进省城，人生地不熟。然而看到那些遭受冤屈的人的目光,我不忍心不管,于是就把这些人留下的材料,转给省政府的信访接待处。我就是这么和老宋相识的。处理过几件事,我对他的人品相当信任,渐渐地就同他成了忘年之交。这天晚上他来到我家,我料想他又是来和我谈有关案情的事。哪晓得刚一入座,喝了一口水,他劈头就对我说:"你晓得吗? 陈圆圆的坟,在我们贵州岑巩县水尾镇乡间被发现了!"

他喜滋滋的神情,不由得引起我一阵好奇。在上海读书时,我曾听说陈圆圆就是苏州昆山附近的人,她的墓地在苏州。下乡劳动时,又听说陈圆圆死后葬在松江,苏州和松江离得很近,还说得过去。现在怎么一跳就跳个几千里,陈圆圆的坟会在贵州岑巩发现?岑巩地处贵州、湖南交界的山水间,那么偏远,她,一个人们广泛谈论的人物,怎会葬在岑巩乡下?

老宋按捺不住兴奋地对我说:"是真的,就在马家寨发现的。有墓碑,是她的十一世孙吴永鹏、十二世孙吴能江亲口说出来的。"一代一代口传密授家史、族史的事,在中国闭塞的乡间农村是常有的事。我在插队期间就听说,贵州一些偏僻地方的寨子上,很多村民自傲而神气地宣称,自己这一支是远征西南的明朝"傅大将军"傅友德的后代,是沐国公沐英的后代。还时常被知识青年们讥诮:"穷得这个样子,还自称是皇亲国戚呢!"

见我一脸不信任的神情,老宋又说:"是真的呢!你看着吧,有关文章,陆陆续续都要发表出来,我也写了一篇呢!"

话果然被他说中了,此后的1984、1985年,国内很多报纸杂志,登载了这一"发现"的消息。引得史学界议论纷纷,争执不休。事关贵州,我一边颇有兴味读着这些文章,一边也不由得回想起和陈圆圆这个名字有关的一些往事。

天台山的传说

说真的,听说陈圆圆这个历史上的名女人,和贵州那一片遥远的乡土还有关系,是在插队落户初期,现在算起来有三十多年了。

从我插队落户的修文县到地区级城市安顺去,要路过平坝县。在平坝县城十三公里处,滇黔公路的南侧,有一处号称"黔南第一山"的著名景点天台山。天台山的峰巅古寺,建得极富特色,从老远的地方望去,那依山贴壁、错落参差的垒石建筑,和周围乡间村寨上的景色,截然不同,给人一种突兀地耸立在云空之中的感觉。每次路过,非同寻常的景观总是吸引着我们这些初次来到这块土地上的知青,极想爬上去看看。特别是走到山脚下,三棵至少需三个人方能合抱的参天银杏屹立在道旁。昂首望去,只见山上古松倒挂,石壁崭截,蔓藤牵附,还有极具诱惑力的摩崖石刻"大观在上"四个大字,令我们男女知青们见了就跃跃欲试。特别是有一回,一个脚快的男知青眼尖,发现蓊郁之中,竟然还有一条蜿蜒的石阶山道,随着他一声欢呼,我们就不顾一切地沿着山道跑上去了。

　　走到半山,遇到一位老农,他赞许地对我们笑着说:"上头好看得很,看细致些,特别是不要漏看陈圆圆洗澡的地方。"

乡间农民说话是说得直率一些,却惊得我们这帮小青年直眨眼睛。什么,陈圆圆这个历史人物,怎么会到这近乎荒坡野岭的山巅上去沐浴?

上到山巅,只见古寺院落的主体梁架粗壮高大,气势颇显宏伟。其山墙石壁,多用当地山石堆砌,屋里亦用当地盛产的岩板覆盖,冬暖夏凉。古寺顺着山势巧建各种亭台楼阁几十间,一间间看去,竟是层次分明,结构严谨,上下层叠,构思奇巧。有的飘出崖沿,荡于清风烟霭之中,宛若鹫岭高骞,蜃楼飞架,蔚为大观。山中各处都有历代诗碑题刻,我当时抄了一副自认为是最妙的对联"云化天出天然奇峰天生就,月照台前台中胜景台上观"。"天台"两个字,三次巧对在联中。虽是"文化大革命"时期,看山人还是给我们介绍,吴三桂去云南途中,曾在此住过几宿,并留下他的远房叔叔镇守此山,还留下了三件宝:清代官服、象牙朝笏和宝剑。本来还有一把吴三桂打仗用过的大刀,"文革"开始时,被山下的铁匠铺子化成铁水,打成镰刀、锄头了。看山人还郑重其事地把我们带到内室后面一个类似地下室的房间,虔诚地说,随吴三桂去云南的美女陈圆圆,就在这间屋里洗澡。

环顾四壁,岩板镶得严丝合缝,棱角分明,恰像一个现代的浴室。大家便觉得,屯堡地方,民间有不少能工巧匠,这也是可能的事情。

走上古寺望月台远眺,只见四面群山环抱,林木葱茏,一座座不高的满覆浓荫的馒头状山岭,如朝拜之姿,美不胜收,让人顿有心旷神怡之感。

如今传出陈圆圆的坟墓在贵州发现,我心里说,跟着吴三桂走遍云贵高原的陈圆圆死后葬在贵州的山林里,那也不是没有可能的。数次途经贵州时,贵州神奇的大自然风光,一定也曾给这位多愁善感的美女,留下过深刻的印象吧。

陈圆圆其人

陈圆圆之所以成为绝代名妓,她的名声之所以高出历朝历代的女子,以至在批臭批倒一切"封、资、修"糟粕的"文化大革命"时期,农民们一跟我们这帮小青年提及这个人,无须多问,大家都晓得她是何许人也,是有其特殊原因的。

陈圆圆的名声,是和明末清初的一段历史有关系,是和明末清初的诗人吴伟业所写的《圆圆曲》有关系。

从历史来说,陈圆圆原姓邢。因家贫无以为生,遂跟养母改姓陈,名沅,字畹芬。生于明天启三年(1623年),十八岁时,"声甲天下之声,色甲天下之色",精于舞乐,且能诗会画,倾倒了无数江南风流名士。不少戏文说她和如皋才子冒辟疆有一段情史,想必是从她的这段经历演绎而出。随后她被为穷途末路中的崇祯皇帝选美的周奎买走,送给皇上。皇上因国事日危,未予接纳,遣还周府。时吴三桂奉命出征山海关,周奎设宴为吴三桂送行。席间吴三桂为陈圆圆美色所倾倒,陈圆圆也为吴三桂英名所动心,两人遂成姻缘。吴三桂出征山海关,陈圆圆住在三桂父亲吴襄府中。不多久,李自成兵破北京城,崇祯皇帝在煤山自缢,明朝覆亡,陈圆圆为李自成大将刘宗敏俘虏。吴三桂惊闻陈圆圆被掳去,大怒,遂引清兵入关,从而导致李自成败亡和大清帝国的建立。这一段历史,

《明史》《清史稿》及《甲申传信录》都有记载。

从文学的角度来说，明末清初的诗人吴伟业在《圆圆曲》中一句流传千古的名诗"冲冠一怒为红颜"，则一下子使得陈圆圆异军突起于同时代的董小宛、李香君、柳如是、寇白门、莴嫩娘、红娘子等辈，也一下子使得陈圆圆不同于历朝历代的风情才女薛涛、班昭、苏翠、李清照等人物。

吴伟业所创作的《圆圆曲》，总共七十八句。后人记得起、背得出来的，往往是《圆圆曲》的前四句：

鼎湖当日弃人间，破敌收京下玉关。
恸哭六军俱缟素，冲冠一怒为红颜。

而更为人们传诵并熟知的，就是"冲冠一怒为红颜"七个字。围绕着这七个字，三百多年岁月中，不知多少文人墨客，做了名为"圆圆传""后圆圆曲"等等的文章和不计其数的戏文。就是到了当代，逛逛书店，也能找到不同作家所写、不同出版社出版的多部长篇传记小说《陈圆

248

圆传》。尽管严谨的史学家对此提出异议,认为一个女子,无论她长得如何娇艳绝世,在她被夺之后,居然会引起几十万大军的拼死作战,决定一个国家和朝廷的命运,决定几千万人的命运,实在是件不可能的事,但是,千古名句,道尽明亡清替时期社会大动荡中的一桩公案还会流传下去。陈圆圆的故事,还会被一代一代的人们传下去。由此,也不能不令人惊叹文学所具有的影响。

难怪陈圆圆的经历吸引人,作为一个美艳动人的女子,她见识过江南的风流名士,见识过大臣和皇帝,还见识过李自成、吴三桂等历史人物。跌宕的生涯使得她的身世格外诱人。当她追随吴三桂之后,应该说也曾过上了一段安定享受的日子。吴三桂反清、称王、病逝的命运,造成了与吴三桂关系极为密切的陈圆圆死亡之谜,那么,陈圆圆是怎么死的呢?她死以后,又葬在何处呢?

死亡之谜

陈圆圆是怎么死的,从来就没一个准确的说法。我手头搜集的几本陈圆圆传记小说,说法就大不一样。

有的说她察觉了年迈的吴三桂又生反叛清廷之心以后,料定他必败无疑,于是劝告不成,就跑到峨眉山去出家。《后圆圆曲》说,陈圆圆是在吴三桂病死之后,投莲花池自尽的。说她投水而死的版本较多,我几次去金殿游览,几次都有不同的昆明人指点着池水告诉我,这是陈圆圆投水处,也有的说她是在商山寺附近投水而死。

写过长篇小说《李自成》的老作家姚雪垠则说:"陈圆圆早早地死于宁远,其他一切都是后人编造的。"他这说法一出,顿时遭到一片反对之声。一谓正史记载陈圆圆已被李自成等俘虏,她怎会在宁远?二谓和陈圆圆同时代的诗人吴伟业又写道:"若非壮士全师胜,争得蛾眉匹马还。蛾眉马上传呼进,云鬟不整惊魂定。蜡炬迎来在战场,啼妆满面残红印。专征箫鼓向秦川,金牛道上车千乘。斜谷云深起画楼,散关月落开妆镜。传来消息满江乡,乌柏红经十度霜。"这些诗句叙述了吴三桂从1644年复得圆圆,到1656年征讨川陕,1658年率军入滇,陈圆圆都是随身不离的情况。吴伟业比陈圆圆早死三年,如若陈圆圆死在他之前,他绝不可能特意为已死去的人编上这么一段身世。

另有一说,也颇有故事性。康熙十二年(1673 年),吴三桂认为自己羽翼已丰,起了另立国号当皇帝之心,特把已出家的陈圆圆请进府打招呼。陈圆圆闻讯大惊,趁难得进府之际想最后一劝,不料吴三桂仍不纳忠言,陈圆圆只得长叹一声悄然退去。不料吴三桂的反清计划被身边的满族王妃得知,派人密奏北京。清廷立即下撤藩之旨,召吴入京。吴三桂明知事已泄漏,遂自己称帝,挺进湖南,在衡阳建帝都,立国号为周。陈圆圆闻讯,喟然长叹,在一个风雨之夜服毒自尽。

除此之外,还有关于陈圆圆因吴三桂不听她劝,绝食而死说,以及昆明城被清军攻破后上吊自尽说,版本很多。我想,就如同国内关于西施是何处人、诸葛亮的卧龙岗在哪里、李白捉月处有好几个地方一样,这些传言,不过也是后人的猜测加想象罢了。倒是稗官笔记中的十个字,说得比较实在:"滇南破,邢(指陈圆圆)出走,不知所终。"当代昆明的好几个文人,认为这种可能性很大。20

世纪 80 年代初期,我去昆明开会,就曾听说陈圆圆是聪明人,察觉吴三桂的反心之后,便在城周围建了十余座尼姑庵,现存的妙法庵、白衣庵、金莲庵、紫衣庵都是当年她让建的。建成之后,陈圆圆挑选貌美又和自己相像的女子,入庵当住持。她自己呢,今天到这里,明天去那里,久而久之,每个尼姑庵都说陈圆圆住在她们那里,但谁也弄不清,谁是真正的陈圆圆。

这一传说,至今仍在昆明城里流传。不知为什么,看了多本描绘陈圆圆的诗书,我心里也觉得,像她这种性格的女子,这一说法是有一定可能性的。

何处埋艳骨

正因为陈圆圆是怎么死的至今没有搞清楚,所以陈圆圆死后究竟葬在何处,一直也是个谜。

其实和陈圆圆这个名字连在一起的,还有好多谜。

比如关于她出生于哪一年,就有从 1621 到 1627 年多种说法;比如陈圆圆出家,究竟是当了尼姑还是做了道士,也是众说不一;比如选陈圆圆进北京城的外戚,到底是周后家的周奎,还是田妃家的田畹(田弘遇),也是各种人按照自己的理解下结论。各说各的一套,各编各的戏文和故事。

故而,多少年来,陈圆圆死后艳骨葬于何处,同样也有多个版本。

一个版本说葬于四川的峨眉山。峨眉山确是一座名山,陈圆圆也曾去过,可山上根本没有陈圆圆的墓。

另一个版本说陈圆圆死后叶落归根,葬在她的故乡江苏武进市。只是在武进,人们发现只有后世人为她建造的圆圆庵,也不见有墓。顺便说一句,关于她的出生地,曾经提及她出生于昆山、苏州、常州说,其实皆因苏州、昆山离常州较近造成的错觉。而今天的武进市,过去的武进县,就紧挨着常州市郊。改革开放以后,武进撤县建市,市区和常州市连在一起,分不清了。故而,现在基本认定陈圆圆系常州武进奔牛里人。简称常州人,是不会错的。家乡人说陈圆圆的墓在他们那里,情有可原,可惜也不是真的。

第三个版本就是我小时候听说的,陈圆圆葬于松江。很多人觉得松江就是上海的一个县(区),笼而统之地说成上海。我还读过一个陈圆圆传记,说陈圆圆在戏班学艺初成时,曾被抢到上海华山路总兵家中云云……那简直就是胡言乱语了。要知道,17世纪的上海,除了老城巷里设有县衙,哪来的华山路上海总兵府。

　　陈圆圆葬地传得最多的一个版本,是春城昆明。说得有鼻子有眼的地方,也有三处:其一在商山寺旁。其二在昙花庵侧的归化寺后面。1937年6月10日,美国女作家温赛德到昆明考察,看到归化寺一处寂静的荒丘后,认定是陈圆圆的真墓,感慨万千,欣喜至极,当即捐款重修,也增加归化寺说的传播色彩。其三就是昆明人说得很多的莲花池畔。今天的莲花池(在云南民族学院内)有陈圆圆的衣冠冢。但衣冠冢终归只是衣冠冢,它寄托了人们良好追念的愿望,仍不是真正的墓地。由于史料的缺失和没有陈圆圆的墓葬的文字记载,中外文史工作者长期以来为探寻这位一代尤物的踪迹和魂归之处,做了许许多多努力,其结果仍是"茫茫一片都不见",陈圆圆似流星一般消失在历史的烟尘中,成了一个难解之谜。

正是因为以上众说纷纭、莫衷一是的情形持续了相当久,始终没个定论,所以当20世纪80年代初传出陈圆圆的墓址在贵州省岑巩县水尾镇马家寨被发现的消息,马上就引起了关注和轰动。先是在当地议论,继而传到省城贵阳,又由贵阳通过媒体传到全国,引得国内外不少专家学者、作家教授、文人雅士纷纷顾不得路途的遥远,都往岑巩跑。那么,这件事的真相究竟如何呢?

魂归之地

岑巩县位于贵州东部,在黔东南苗族侗族自治州的东北角。地处武陵山苗岭山余脉向湘西丘陵的过渡地带。风光绮丽的龙鳌河由西北向东南横穿而过。

这条又名蓝岩河的流水,全长八十多里。由龙鳌河隘门逆流而上,只见两岸峭壁高悬,玉泉飞瀑到处可见。一路之上,形成了山青、石奇、水飞的景观,还可一一观赏到悬棺葬穴、绝壁古屯、勒城相花、茂马飞水的风光;顺流而下呢,更可以见到仙人守隘、龙鳌飞水、钟乳壁楼、蜂洞瀑布、碧岸翠竹等景点。特别是龙鳌飞水,气势磅礴,从五十米高的巨大的涌口飞流而下,随四季水大水小,景色变化无穷。春夏洪水之际,瀑布如银龙出洞,鳞波闪烁,啸声震天,令人惊心动魄。谓为龙鳌河奇观。

龙鳌河两岸滋润的山水田土,世称龙鳌里。龙鳌里有座狮子山,狮子山对面有一个寨子,叫作马家寨,相传就是陈圆圆当年避难创建的寨子。狮子山是马家寨的坟山,寨邻乡亲们也叫风水山。80年代初期,陈圆圆的墓就在狮子山上被发现。

其实,说陈圆圆的墓在狮子山上,最早是在"文化大革命"中的60年代。县委宣传部一位干部被打成"走资派"下放到马家寨,和寨邻乡亲们朝夕相处,引为知己,听说了这一隐情。当时将信将疑,把狮子山上一大堆坟前的墓碑看了一遍,也没见陈圆圆的墓碑。直至1983年,这个干部又约上一位文化干部专访马家寨,费了很多功夫,见到了第十一、十二代传人吴永鹏、吴能江。他们才慢慢吐露隐情:陈圆圆死后葬在马家寨对面狮子山,但马家寨上,吴氏家族历朝历代都守口如瓶。只因吴三桂反清被剿灭之后,清廷对吴三桂满门抄斩,诛灭九族。即使到了乾隆年间,听说贵州古州传有吴三桂的后代,清廷仍然派兵去搜剿,不分青红皂白、真伪曲直,到了古州格杀勿论。正是基于这种恐惧,当时陈圆圆和吴三桂的另一儿子吴启华及三个孙子,带了一些贴身心腹和随从,悄然隐身到龙鳌里,死后葬在狮子山上。

这一事实,马家寨吴氏也不是尽人皆知,而是每代只传一两个人,至今传到十二代。口授密传,虽说古已有之,说得头头是道、有根有据,毕竟空口无凭。一再动员之下,吴氏后人把人们带到寨西绣球凸他们称之为"始祖陈老太婆墓"前,并说,见了墓碑,也须经他们解释才能明白。

可是除了一堆坟土,墓前什么也没有。正在众人诧异之际,吴氏后人就在墓前掘出一块深埋在地下二百多年的墓碑。

终究深埋在地下两百多年了,原碑已有漫漶,但是雕琢的字迹仍清晰可辨:

故先妣吴门聂氏之墓位席

右边刻着子孙姓名：

孝男吴启华　　媳涂氏　　孝孙男仕杰　　杨氏
曾孙大经、大纯　孝玄孙朝达　朝选

这是怎么回事？口口声声说的陈老太婆陈圆圆之墓，怎么变成了吴门聂氏之墓，又是什么位席？

好好的一块墓碑，不立在坟前，而深埋在土里，和吴家坟山周围的一百七八十座墓浑然不同，这一反常现象本身，就令人感觉奇怪。

而好不容易将墓碑挖出来了，碑上刻的又不是"陈圆圆"，而是"吴门聂氏"。

尤其是这个"聂"字相当怪。"聶"的简体字写成"聂"。而两百多年前，根本还没简体字这一说法，又作何解？

258

马家寨的后人是这么说的,这正是吴家口传密授的要点之一。在清廷追杀吴氏家人的恐怖中,碑刻好以后还是怕有人会破解,故而埋于地下。贵州山乡的碑石凿刻了字迹,深埋地下也不会被侵蚀,这是我在插队期间就知道的常识。上个月贵州遵义为纪念沙滩文化,让我写了一副对联。将对联刻凿到厚实的青岗石上去的石匠告诉我:"今天盖起的砖木结构的房子,只能管到一二百年,就要坍塌破损。但刻到石碑上头的字,三五百年都不会变。"二百多年前"聂"字并没简化,不能把那时的"聂"当成"聶"姓来解,只能作双耳解。陈圆圆本姓邢,后因家贫跟了养娘改姓陈,二姓都有双耳旁,故曰双耳。至于"聶氏"之前的"吴门"二字,既点明了陈圆圆嫁与吴氏家族,又说明了陈圆圆来自苏州,成名于苏州。很多文章说陈圆圆是苏州人,皆是因为这一原因。恰恰就把她原出生地常州而忽略了。也有一种说法,在古时关山阻隔交通不便的西南山区的人们看来,江南苏锡常一带,古来就有东吴一说。是苏州也好,武进也好,常州也好,统称吴门没错。至于墓碑上最后出现"位席"二字,实为罕见。

不但吴家坟山的其他碑上没有这种称呼,就是贵州其他地方的坟山古碑,也没这一写法。岑巩当地文人认为,这"位席"指的是正妃之意。这种解释马上遭到人们质疑,说陈圆圆只是吴三桂的一个妾,从未做过正宫娘娘。贵州省里的学者认为,这"位席"二字,无非是表示其地位尊崇而已,并非专门指明就是皇后。我倒觉得,吴三桂虽有妻妾无数,但后世的人们记得住名字的,只有陈圆圆一个。于吴三桂死后五十年刻下这块墓碑的吴氏后人,把陈圆圆视为吴三桂的妻,也在情理之中。

在陈圆圆墓旁的狮子山吴家坟场,还有两座墓,也是密授的重要内容之一。一座墓是吴三桂之子吴启华之墓。刻的是"清故二世祖考吴公讳启华老大人之墓"。另一座是"清故上寿先考明公号公玉老大人之墓"。这是保护陈圆圆和吴启华等到龙鳌里来隐居的吴三桂手下大将马宝的墓。说得似铁板上的钉钉,实打实,像真的一样。

不料这一说法,于1984年公之于众后,顿时遭来一连串的反驳。理由是,史料明记,吴三桂的儿子是吴应熊、吴应麒,属"应"字辈,哪来的"启"字辈?吴三桂的大将马宝,在清军攻破昆明时投降,后给献俘押至北京被杀。皇室及史籍中均有记载,他怎么可能护送陈圆圆来到龙鳌里?

这究竟是怎么回事呢?

种种疑惑

俗话说,真理越辩越明。

而历史上扑朔迷离的很多现象,时常如迷雾重重,有时会越说越不清楚。

一代枭雄吴三桂娶了妻妾无数,共有几个儿子,史料没有详细地一一记载。但史书上有记录的,确有吴应熊、吴应麒两位。马家寨吴氏后人明确地说,吴应麒就是吴启华。

关于吴应熊的记载,最为清晰详尽。吴三桂因擒杀南明永历皇帝,将其赶出云贵,逃往缅甸,一举平定了西南,立下大功,被清廷封为平西王,奉命永镇云南,兼辖贵州。由于他兵精将壮，实力雄厚，威震朝廷，为清廷所忌。于是多尔衮做媒，将皇太极的女儿和硕公主下嫁吴三桂儿子吴应熊，封他为"和硕额驸"，加少保兼太子太保衔。头衔是不少，不过必须长留在北京，实际是作为人质，挟制吴三桂。反清前夕，吴三桂曾派密使到京，准备接回儿子。不料吴应熊不肯回昆明，并把康熙将提前削藩之策通告吴三桂，还让使者将大儿子吴世璠秘密带出京。故而吴应熊和次子吴世霖均被康熙谋杀。史书记得明明白白。

吴三桂的另一儿子吴应麒，也是知名人物。吴三桂在世时，吴应麒率马宝等将领转战贵州、广西、湖南、四川。吴三桂死后，吴应麒随继位的侄子吴世璠退守昆明。7月盛夏回到昆明之后，《东华录》《清史稿》等史籍上再没有关于吴应麒的记录。这就有了疑问，清廷关于吴氏家族斩尽杀绝的圣旨，通令全国。吴氏家族中有头有脸的人物的结局，一一都有记录交代。唯吴应麒就此消失无踪。

马家寨人对此解释说，吴应麒在历史上消失时，正是他化名吴启华入思州龙鳌里隐居的时间。吴氏家族自知大势已去,唯恐兵败后遭受灭门之灾,为保佑吴氏一脉香火,吴应麒改换名字,带上儿子,和陈圆圆一起,潜身于比云南更为偏僻闭塞的龙鳌里来避难求生。

这就是为什么吴三桂的儿子不是"应"字辈而是"启"字辈的原因。有意思的是,吴三桂的孙子辈该是"世"字辈,吴启华的儿子则是吴仕杰、吴仕龙。古往今来,中国的汉语同音字拿来改换名字的,实在太多了。吴氏族人为避人耳目故意把辈分上的字改掉,也是情理之中的事。可以作为佐证的一个有趣的证据是,在吴启华和马宝的墓碑上,分别还清晰地刻了两句墓联。吴启华碑上刻的是:"隐姓于斯上承一代统绪,藏身在此下衍百年箕裘。"马宝墓碑上刻的是:"重垒土茔人祖即己祖,复修石台若翁如我翁。"我们可以用一个反问句:毫无名声可言的吴启华、吴仕杰、吴仕龙之流,有什么必要隐姓埋名地入葬呢?

正因为要躲避杀身之祸,才需要"隐姓于斯","藏身在此"。

今日吴姓聚居的马家寨,距岑巩县城六十一公里,离另一县城玉屏二十四公里,已有公路,可通汽车。而三百多年前的马家寨,还是龙鳌里区域内的一片原始山林,山雄水秀,颇显气势。吴氏后人说,之所以选中这么一块地方来隐居,主要有这么几个考虑。其一,1673 年,吴三桂带兵北上,路过镇远时,思州知府李敷治前往迎接,杀猪宰羊犒劳官兵,是吴三桂的拥护者和支持者。其二,谓古思州庵堂寺庙多,全国最著名的四大寺院,思州就占了两处:鳌山寺、天庵寺。躲藏在此,便于隐身。其三,这一片山水土地是古苗夷之地,可避开尘世间的是非,相对安宁平静。其四,水陆交通通畅,信息来得快,万一有个风吹草动,躲避起来,行动方便。其五,环境优美,草丰水秀,树林繁茂,适宜于吴氏家族繁衍生息。经过多少年的开垦和耕耘,一栋栋迥然不同于当地农户的砖木结构的青瓦房,错落有致地出现在山谷里,一栋栋建筑疏密适宜,既有吴氏宗祠,又有牌坊。更让人不解的是,起名马家寨,而三百多年来,全寨没有一个姓马的,一百五十五户人家,除一户之外,其他全为吴姓。

老宋找过我不久,关于陈圆圆葬在马家寨的文字,果然一篇一篇发表出来,在1984、1985年两年里形成高潮。文章刚一发表,就引起了激烈的争论。对此表现出强烈兴趣者有之,不屑者有之,反对者也大有人在。

不屑者和反对者的主要论点,有这么几点。

第一,历史上有无陈圆圆这个人,都是一个谜。姑苏歌伎陈沅,不见得就是陈圆圆。

第二,说"冲冠一怒为红颜",只不过是封建文人们最喜欢弹的"女祸"滥调的反映,是文人们下流意识的反映,一会儿说陈圆圆和江南名士们眉来眼去地调情,一会儿说她和冒辟疆有恋情,一会儿说她被周奎(田畹)所占,一会儿又说她屈服于刘宗敏的淫威,甚至于说她投入李自成的怀抱,还和崇祯皇帝睡过觉……编织一套又一套的情史、艳史,无非是一个结论:"红颜祸水"。

第三,这件事正如各地在争李白墓地、西施故里、诸葛亮卧龙岗的真迹在哪里一样,其实都是今人从现实利益出发,或为开发旅游故意引出"名人争夺战"的无聊之举,没多大意思。

笔墨官司打得热闹,争得热烈,几年时间里,也没一个确切的定论。但是,洋洋洒洒的文章四处发表,倒吸引了另外一拨人的注意。

1989 年,消息传到我生活的省城贵阳,马家寨狮子山上"吴门聂氏墓"被盗。事发之后,震惊的人们只看到一具女性骨骼,三十六颗牙齿完好无损,排列得均匀细密,棺木朽失,里面的随葬品被劫取一空。人们闻听之际,连叹遗憾,瞠目结舌。还有人自作聪明地说,我们为什么只顾在那里争论不休?早知要被盗,还不如用科学的方法开棺验尸哩。

马上有人说,正常的开棺验尸,是绝对不可能的。因为今天生活在马家寨的所有老少乡亲,都自称是陈圆圆的子孙。有谁敢去触犯众怒,挖他们这么多人的祖坟?

悠悠龙鳌河

坏事似乎也能变成好事。"吴门聂氏墓"被盗,使得考古工作者们失去了考证墓主究竟是谁的物证,但墓里埋着的,却实实在在的是一具女尸,那是不容置疑的。同样,这具女尸就是碑上的吴启华之母,也是没有疑问的。

那么,她是不是陈圆圆呢?

马家寨的吴氏后人们,一口咬定她就是陈老太婆,是他们上千人的祖宗。为向世人明示这一点,1994年春天,他们集资立了一块"陈圆圆墓说明"碑,竖在那里。我将碑文中最主要的一句话抄录如下:

> 陈圆圆究竟魂归何处,数百年来众说纷纭,有云南说、上海说、苏州说等等,马家寨吴氏说陈圆圆墓就在这里,我们千余人都是她的亲子孙,如若不信,请进马家寨亲自问问他们。

读了这段话,我认为马家寨的吴氏后人没有冒认吴三桂和陈圆圆为祖先的利益动机。首先,这种事情在整个清王朝统治时期,代代以口相传,是可信和合理的,为了避免杀身之祸,却又要使家史不至于因岁月更迭而湮没在俗世中。其次,陈圆圆虽然名声很大,几乎妇孺皆

267

知,但是,究其身份,终归是个妓女,在正统社会里是遭人贬损、受人鄙夷的。这个世界上,想来没有一个人会冒认一个妓女为祖先的。况且现在不是一个人,而是一整个寨子的上千人认为她是自己宗族的祖先。前面我已经说过,这件事最初透露的年份,是在我去贵州插队落户的前两年。正是抓阶级斗争为纲抓得最紧,查三代、查祖宗十八代查得最严的 1967 年。马家寨吴氏不会不知道,吴三桂是历来被斥为"逆贼""汉奸"的,吴氏后人为何偏偏要在这个年头称自己是吴三桂和陈圆圆的后人呢？还有一点也不可忽视。几乎所有去水尾镇马家寨的访问者发现,吴氏后人都能把吴三桂及其他手下的儿子、侄子、女儿、女婿及重要将领的事迹讲得头头是道,还能完整地讲出他们的姓名。至于陈圆圆的传说,其中的细节,在马家寨也是流传得家喻户晓,不能不说也是一件奇事。有人提出异议道,就是在偏僻乡间,有些秀才之类的人物,从古书演义中看来些传奇,茶余饭后在群众中传播,也是常有的事。

贵州的学者则反驳道:"不然。"比如他们能说出胡国柱、夏国相为吴三桂的女婿。胡国柱、夏国相在历史上并无甚知名度，也没啥业绩，野史演义中很少涉及，不像《三国》《水浒》中有名有姓的人物，他们怎么可能记得如此清晰？不是家族密授，怎么可能讲得清十一二代祖先的名字？社会上随便找一个学问渊博的人，请他讲一讲十一二代祖先的名字，恐怕谁也讲不上来。且别说，"文化大革命"时，马家寨上还藏有吴三桂的皇伞和兵器。

从1984年开始，不时有文章披露陈圆圆归隐在贵州岑巩县水尾镇马家寨狮子山绣球凸，争鸣的文章发表了不计其数，始终没个结论。

一晃至今已近二十年了。作为自始至终的一个关注者，我想，有时候我们何不化繁为简地来思考一下问题？既然清军攻破昆明城，恢复其统治以后，一直久寻不见陈圆圆的踪迹，难道聪明如陈圆圆这样的女子，她就不会在预见到局势的危急之前，找一块僻静而又风光优美的地方作为自己的归宿吗？联想到她追随吴三桂统治云贵的多年中，曾到过龙鳌里，并深深地为龙鳌里物华天宝的环境和优美的风景所吸引，她是极有可能归隐到这里来的。

从这一意义上来说,陈圆圆葬身在贵州岑巩马家寨也是可能的。风光之美被誉为"天上人间"的悠悠龙鳌河,河水环绕鳌山流向东南,汇入潕水。它从上古时代流来,还将流向未来,滔滔不绝地流了千百年,它能向世人揭开这一谜底吗?

原载于 2003 年 9 月上海《新民晚报·十日谈》